十津川警部 特急「しまかぜ」で行く十五歳の伊勢神宮

西村京太郎

集英社文庫

目次

十津川警部　特急「しまかぜ」で行く十五歳の伊勢神宮

第一章　近鉄特急「しまかぜ」

1

野々村雅雄《ののむらまさお》は、新幹線を名古屋駅で降りると、賢島《かしこじま》行きの近鉄特急「しまかぜ」に乗り換えるために、長い通路を、近鉄線のホームに向かって、歩いていった。

七十年ぶりの伊勢《いせ》への里帰りだった。この帰郷には、二つの目的があった。一つは、孫の翔《しょう》に、昔から日本人の心の故郷と言われ、「お伊勢参り」で有名な伊勢神宮を見せることだった。もう一つは、終戦以来、顔を合わせていない二人の旧友を訪ねたいと、思ったからだ。木島《きじま》と阿部《あべ》は、今でも伊勢市に住んでおり、手紙のやりとりだけは続いていた。

今回、帰郷するにあたり、木島に連絡を取った。

今日の野々村は、孫の翔、十五歳と一緒である。

野々村の娘の長男である翔は、今年の春、高校一年生になるが、小学生の頃からの鉄道マニアで、今回も、前から乗りたがっていた近鉄特急「しまかぜ」に乗れるというので、喜んで、祖父の野々村についてくることになったのである。

最近、東北新幹線の「グランクラス」とか、あるいは、ＪＲ九州が作った「ななつ星」トレインのような、列車自体が贅沢《ぜいたく》な造りになっている、観光列車が多くなってきたが、これから、野々村が乗ろうとしている「しまかぜ」という近鉄線を走る特急も、同じように、列車自体が、贅沢に作られている観光特急である。

伊勢神宮は、約二千年前に創建され、二十年ごとに式年遷宮を行っている。年間に八百万もの参拝客が、押し寄せるが、今年は特に、遷宮後ということも重なって、近鉄特急「しまかぜ」も、人気が高く、切符がなかなか手に入らなかったのだが、ここに来て、自分の切符と、一緒に連れていく孫の翔の切符を、友人が取ってくれたので、この人気の特急列車に乗ることができたのである。

特急「しまかぜ」には、大阪方面から三重県の賢島に行く列車と、名古屋方面から賢島に行く列車との二つがあって、これから野々村と孫の翔が乗ろうとしているのは、名古屋駅から賢島に向かう「しまかぜ」である。

近鉄線のホームに着くと、ホームが横に並んでいて、そのうちの二つのホームには、これまでの特急列車が、並んでいた。

野々村が、孫の翔と一緒に乗るつもりの「しまかぜ」は、まだホームに入線していなかった。

それなのに、十五歳の翔は、早くも興奮して、ホームを飛び回って喜んでいる。

野々村自身も、まだ、乗ったことのない列車なので、大方の知識しか持っていなかった。写真にあった説明によれば、「しまかぜ」は六両連結で、一号車と六号車は、展望車両になっているはずだった。

また、車内には、和室と、洋室の個室もあるという。座席も、東北新幹線の「グランクラス」と同じく、航空機のファーストクラスのような豪華な造りになっているということだが、それが、はたしてどんなものなのかは、野々村にも分かっていない。

やがて、従来型の近鉄の特急が賢島に向かって、出発していくと、その代わりのように、やっと、お目当ての「しまかぜ」が入線してきた。

たしかに、今までの近鉄の特急とは、車体の色も違っているし、窓がやたらに大きく開放的である。

「しまかぜ」は、全席指定である。友人から送られてきた、切符を見て、野々村と孫の翔の座席は、六号車の前方の席だということは分かっていた。

六号車の中に入っていくと短い階段がある。それを上がっていくと、そこが、いわゆる展望車両ということで、野々村が、翔と一緒に座った座席は、前から、三番目だった。

運転席は、ガラス張りになっていて、運転士の席が、下のほうにあるので、野々村と孫の翔が座った座席からは、運転士の姿が見えない。おかげで、前方の視界が、広々としているので、展望車両の呼び方は、納得できる。

ドアが閉まり、賢島行きの「しまかぜ」は、定刻通りの十時二十五分に、名古屋駅を出発した。

列車が発車するとすぐ、翔は、ニコニコ笑いながら、

「列車の中を見てくるよ」

と、野々村に、いって、六号車を、出ていった。

野々村は、座席を、リクライニングにして、体を伸ばし、目を閉じた。

野々村は、今年八十五歳になる。さすがに最近は、疲れやすいし、血圧も高いし、糖尿の気もある。初期の前立腺ガンも見つかっている。

しばらく前に診てもらった時、近くの医者は、そんな野々村に向かって、入院したほうがいいとは、いわなかった。

医者のいい分は、次のようなものだった。

「野々村さんは、もう八十五歳でしょう？　十分、日本人の男の平均寿命を、生きられましたよ。野々村さんが、もっと若ければ、すぐにでも、入院して手術をお勧めしますがね。野々村さんは、もう平均寿命を、生きられましたからね。今後は、好きなものを

好きなだけ食べて、何でも、やりたいことをやられて、勝手気ままに、生きることをお勧めしますよ。ですから、野々村さんには、食事療法もこれ以上、お勧めしません し、手術も入院もお勧めしません。そのほうが楽しいからですよ」

「どうですか？　ガン進行の心配はありませんか？」

と、野々村は、きいてみた。

「大丈夫です。今のところ、その気配は、ありませんが、もし、野々村さんのガンが進行したとしても、手術は、お勧めしませんよ。手術をすれば、五年か六年は、長く生きられるでしょうが、余病を発生する恐れだってあるし、野々村さんは高齢ですから、進行はかなり遅いはずです。たいていのガンならば、手術をしなくても、あと、五年や六年は、十分生きられると思いますよ。だから、痛い思いをして、手術をするよりも、しないほうが、野々村さんも余生を楽しくすごせると思いますよ。かりに、悪性ガンだとしても、進行を止める薬を飲めば、それで十分ですよ」

医者は、笑いながら、無責任なことをいうのである。

野々村は、

（ひどいことをいう医者だな）

と、思ったものの、医者の言葉に、真実を、感じないわけではなかった。

（たしかに、医者のいう通りだ。どうせあと数年の命なら、残された人生を好きなよう

に生きたほうがいい。ガンが進行しても手術はすまい）

野々村の妻は、二十年ほど前に、五十代でガンになり、入院して、手術を受けたのだが、結局、身体《からだ》が衰弱し、手術の後、わずか一年しか、生きられなかった。妻のことを考えれば、野々村は、それからもう、二十年も余計に、生きていることになる。だとすれば、これからガンが進行しても、医者のいうように、手術を受けず、好きなものを好きなだけ食べ、好きなところに旅行したりして、残りわずかの人生を、大いに、楽しんだほうがいいのかもしれない。

野々村は、八十歳を過ぎてから、時々、そんなふうに、自分の残りの人生を、考えるようになっていた。

2

野々村は、現在、東京の世田谷区にある一戸建て住宅に、一人で、住んでいる。二十年ほど前に、妻が死んでからというもの、ずっと、一人暮らしである。

近くに、娘夫婦が住んでいるので、何かの時には、電話をかければ、すぐに、飛んできてくれるし、最近は何かと顔を見せてくれるので、安心感があった。

それでも、仮に今、自分が末期ガンになったとしても、娘夫婦に、頼ろうとは、野々村は、考えてはいない。医者のいうように、手術もしないし、病院にも、入院するつもりもない。

もともと、野々村は、三重県の伊勢市（当時の市名は、宇治山田《うじやまだ》市）の生まれである。ちょうど外宮《げくう》と内宮《ないくう》との中間辺りで、サラリーマンの家に、生まれた。

彼が旧制中学校の四年生、十五歳になった時に、敗戦を迎えている。当時の中学校は、今と違って、五年制である。

昭和二十年になると、全国の中学校は授業が中止され、生徒は、近くの軍需工場で働くことが決められた。

ところが、野々村が通っていた中学校の校長は、極端な国家主義思想の持ち主で、文部省をどう説得したのか分からないが、この中学校では、五年生と四年生の上級生は、近くの軍需工場で働くことはせず、その代わり、伊勢神宮を、守ることになった。

野々村が、通っていたのは、小さな中学校で、五年生と四年生を合わせても、全部で四十数人しか、いなかった。

昭和二十年四月五日、その四十数人を、校庭に集めると、校長は、大きな声で、こう命令した。

「沖縄の日本軍は、アメリカの大軍と向かい合って、今も激戦を展開している。次にアメリカ軍が侵攻して来るのは、日本本土である。いよいよ、本土決戦が、始まるのだ。

そうなったら、アメリカ軍は、いったい、どんな攻撃を、仕掛けてくるか？　アメリカ軍が、日本本土に、侵攻して来る時は、おそらく、総勢百万に近い大軍でやって来るだろうといわれている。

その時、われわれ日本国民は、どう、迎え撃ったらいいのか？　日本の軍隊、皇軍は、まず、水際《みずぎわ》で上陸して来るアメリカ軍を、迎え撃つことになる。そうなれば、内陸部は、手薄に、なってくる。

そこへ、アメリカ軍は、おそらく、落下傘部隊で降下をしてくるに違いないと、私は考える。どうして、アメリカ軍は、内陸部に、落下傘部隊を降下させてくるか、誰か分かる者はおるか？　いたら、手を挙げろ！」

校長は、生徒たちを、見回しながら、大きな声で、怒鳴った。

校長の手には、竹刀《しない》が、握られている。

生徒たちは、もし、間違った答えをしたら、その竹刀で、殴られることが、分かっていたから、四年生も五年生も、誰一人、声を、出そうという者はおらず、黙っている。

そんな生徒たちの姿を見て、

「何だ、誰も、こんな簡単なことが、分からんのか！」

校長は、また大声で怒鳴って、竹刀を振りかざした。

校長が興奮して、大きな声を、出せば出すほど、生徒たちは、ますます、尻込みしてしまう。そのことが、さらに校長を、興奮させ、激した口調になっていく。

「この地は、畏れ多くも、天照大御神《あまてらすおおみかみ》を祀《まつ》る伊勢神宮の神域である。長い歴史を誇るわが国に比べて、アメリカという国は、たかだか二百年の、歴史しかない。国ができたのは、つい最近のことだ。それに、アメリカという国家は、われらの国家のように、現人神《あらひとがみ》の天皇をいただくこともない哀れな国なのだ。したがって、アメリカ人は、誰もが、わが日本国の長い歴史と、天皇の存在を、うらやましく思っていて、アメリカ兵どもは、何としてでも、日本の、光輝ある天皇をなきものにしたいと考えている。

そこで、彼らは、本土決戦になった場合、落下傘部隊を使って、天皇の証《あか》しである三種の神器を、奪おうとするに、違いないのである。古き歴史書によれば、天照大御神が、皇孫に、八咫鏡《やたのかがみ》と、草薙剣《くさなぎのつるぎ》の二種の宝をお授けになったと記し、これは、皇位継承の天璽《あまつしるし》であるとあり、これは、世にいうところの、神の印の剣と鏡であるといわれている。

また、日本書紀の持統《じとう》天皇四年正月の記事には『神璽《かみのしるし》の剣、鏡』と記し、また、古書にある祝詞《のりと》には『皇御孫命《すめみまのみこと》を天つ高御座《たかみくら》に座《ま》せて、天つ璽の剣と鏡を捧げ持ち』と記している。現在は、これに八尺瓊勾玉《やさかにのまがたま》が加わって、一般には、三種の神器といわれている。この三種の神器を、持っていることが、天皇の印である。

この三種の神器の中でも、八咫鏡は、特に、重視されている。それは、どうしてなのか？　誰か、分かる者は、おるか？」

と、校長は、一瞬、言葉を止めたが、生徒たちの誰一人も、何もいわないことが、分かると、また話を続けた。

「八咫鏡が特に、重視されるのは、天照大御神が、『この鏡こそは、ひたすら私の御《み》魂《たま》』と告げておられるからである。さらにいえば、その八咫鏡は、現在でも、この伊勢の皇大神宮《こうたいじんぐう》の正殿に、厳重に奉斎《ほうさい》されているのだ。いい換えれば、この皇大神宮に奉斎されている八咫鏡は、日本の天皇が、たしかに、天照大御神の子孫であることを証明する宝物なのである。

アメリカの連中も、もちろん、このことは、よく知っている。だからこそ、落下傘部隊を降下させて、八咫鏡を盗み取ろうとするに違いないのである。このほか、名古屋の熱田《あつた》神宮には、草薙剣があり、宮中には、八尺瓊勾玉が大切に保管されている。もし、この三種の神器が、アメリカ軍に奪いとられてしまったら、二千六百余年の歴史を誇る、わが光輝ある天皇制は、その時点で、崩壊してしまう。そこでだ」

と、校長は、また、声をさらに大きくして、野々村たちに、いった。

「いいか、アメリカ兵たちは間違いなく、本土決戦ともなれば、落下傘部隊を使って、三種の神器、特に、この皇大神宮に奉斎されている八咫鏡を奪いにくるに違いないのである。なぜなら、三種の神器は全て、わが国の宝であり、それをなきものにして、天皇制を破壊するためである。それを、われわれ日本国民は、いったい、どうやって防いだらいいのか？　日本の軍隊は全て、上陸して来るアメリカ軍と水際で戦うために、海岸線に張りついている。アメリカ軍の上陸地点は伊勢神宮の周辺についていえば、紀伊半島の南部の海岸線で、津《つ》や鳥羽《とば》のような内側の海岸線には、アメリカ軍の上陸はないと予想して、日本軍の守備隊も配置されていない。

つまり、アメリカ軍にしてみれば、落下傘部隊を降下させるには、日本軍の抵抗も弱く絶好な地区なのだ。軍部の上層部の頭の弱いお偉方の中には、伊勢神宮の周辺には、軍事施設も、軍需工場もないから、アメリカ軍の攻撃目標になることもあり得ないと、バカなことをいっているが、とんでもないことだ。

何よりも大切な、アメリカ軍が必ず狙う伊勢神宮があるのだ。そこには、神国日本の尊い魂が奉られているのだ。誰かが身命をかけて、それを守らなければならない。君たちが、守るのだ。その崇高な責務が、君たちに与えられたことに、感謝しなければいけない。いいか。今日から、そのための訓練を始める。訓練は、激しいものだと、覚悟していてもらいたい」

と、校長が、いった。

その後、野々村たちは、四人ずつの班に、分けられた。

そして、それぞれの班が、皇大神宮の周辺を、歩き回り、皇大神宮が、最もよく見渡せる場所を見つけ、そこに監視小屋を作ることを、校長から厳命された。アメリカの落下傘部隊を監視するためである。

次の日から、野々村たちは、四人一組になって、監視小屋を建てる場所を、探して歩くことになった。彼らの気持ちの中では、本土決戦は始まったのである。

3

伊勢神宮は、皇大神宮（内宮）と豊受大神宮《とようけだいじんぐう》（外宮）の二つだけと思う人が多いが、全部で百二十五社の別宮があり、そこには、百四十一座の神々が祀られている。この全てを総称して、伊勢神宮ということになる。

例えば、天照大御神の荒御魂《あらみたま》を祀る内宮第一の別宮、荒祭宮《あらまつりのみや》は、正宮の後方の丘の上にあって、この別宮は、静かな雰囲気を持っている。

別宮の多くが、内宮と外宮を守るような位置にあって、小高い丘の上に鎮座していることが多いので、自然に、野々村たちが監視所を設けようと考える場所にふさわしい位置になってくる。

問題の百二十五社の主な宮社は、次の通りである。

月讀宮《つきよみのみや》。

記紀神話によれば、この宮の祭神は、天照大御神の弟として生まれた。名前が示している通り、月の神であり、田畠《たばた》に、水を与える農業神として、信仰されている。

伊雑宮《いざわのみや》。

一般的には「いぞうぐう」とも呼ばれ俗に「磯部《いそべ》の宮」という。

百二十五社の別宮の中で、内宮と外宮から最も離れた場所にあるのが伊雑宮である。場所は、志摩市《しまし》磯部町上之郷《かみのごう》である。離れた場所にあるだけに、周辺には水田があり、別宮の中で唯一、水田を持っていて米を作れる社《やしろ》である。

ここでは毎年六月二十四日に、田植えの式が行われる。その祭りは、国の重要無形民俗文化財である。

倭　姫宮《やまとひめのみや》。

この別宮は、大正十二年に設けられた、別宮の中では、最も新しい社である。

この宮は、内宮と外宮を結ぶ御幸《みゆき》道路の途中、倉田山の一角にあって、その周囲には、神宮徴古館、神宮農業館、神宮美術館など伊勢神宮関係の博物館や文庫が固まっている。皇學館《こうがくかん》大学も、近くにある。

風日祈宮《かざひのみのみや》。

この風宮《かぜのみや》は、内宮の別宮である。

ここに祀られているのは、風神、すなわち風の神であり、本来は農業神なのだが、かつて蒙古《もうこ》が襲来した時、この風宮の風神が、蒙古の軍勢を、追い払ったと伝えられ、その後、風によって国難を救ったといわれるようになって、敵国降伏の信仰のほうが、有名になったといわれる。

また、薩英《さつえい》戦争の頃、孝明《こうめい》天皇は外国船を追い払う攘夷《じょうい》の時、この風宮に祈ったといい伝えられている。

結果的に、両宮に近い場所は、上級の五年生に占拠されてしまい、野々村たち四年生は、自然に両宮から離れた場所に、監視小屋を作ることになった。

野々村の班は、他に、阿部、加藤《かとう》、木島の三人だった。いずれも、同じ四年生で、年齢は、十五歳になったばかり。その野々村たちが監視小屋を作ったのは、大津《おおつ》神社に近い、山の中腹である。

大津神社は、五十鈴川《いすずがわ》の河口に近く、大洲神社とも、呼ばれている。その大津神社の裏手の山の小高い丘の上に、野々村たちは監視小屋を作った。

五年生と四年生の全員の配置が、だいたい決まったあと、校長は、再び、五年生と四年生の全員を校庭に集めて、大声の、指示を与えた。

「君たちは、すでに十五歳と十六歳になっている。昔であれば元服して、すでに一人前の男として認められる年齢になっているということである。

だからこそ、本土決戦となりアメリカ軍が、この伊勢に侵攻してきたときには、君たちは、それぞれの場所に建てた、監視小屋にこもって、アメリカ軍の落下傘部隊が内宮と外宮に降りてきた場合は、全力でアメリカ兵を殺し、伊勢神宮、特に八咫鏡を守るのだ。

問題は武器だ。戦いに必要な武器は、全て軍隊に渡されているので、今、君たちに、与えられる武器は、竹槍《たけやり》だけである。そこで、今日は、いかに竹槍を作ったらいいのか、竹槍を使って、アメリカ兵とどう戦ったらいいのかを、君たちに、指導してくださる先生をお呼びした。その先生の教えを、心して聞くように」

校長は、三宅《みやけ》という名前の中年の少尉を、野々村たちに、紹介した。

壇上に上がった三宅という少尉は小柄で、何となく頼りないような軍人に見えた。

この頃、本土決戦が、しきりに叫ばれ、十七歳以上の男子は全て、徴兵されることになった。とにかく、働けそうな男という男を集めて兵士にして、それが二百万人集まれば、何とか本土防衛ができるだろう。それが大本営の目算だった。

これから野々村たちに、竹槍の作り方や竹槍での戦い方を教えてくれるという、中年の三宅という少尉は、おそらく予備役から、本土決戦に備えて、急遽《きゅうきょ》召集されたに違いなかった。

三宅少尉は、野々村たちを、学校のすぐ近くの竹やぶに連れていった。そして、チョークを使い、太くて長い竹の幹に次々と印をつけていくと、それを根元からのこぎりで切ることを、野々村たちに命令した。

四月の下旬だが、まるで、初夏のように蒸し暑い日だった。

野々村たちは、家から持ってきた、のこぎりを使って、三宅少尉が印をつけた竹を次々に切っていった。

何十本という竹を、切っているうちに、たちまち、野々村たちは、汗だらけになった。

切り取った竹を学校に持ち帰ると、今度は、竹槍作りである。

竹槍にするには、竹の先を尖《とが》らせ、少しばかり、焼いてまっすぐにするのだが、そこまでは、みんな面白がって、作業を進めていた。まるで、これから、チャンバラごっこでもやるかのように、誰もが、ワイワイと、騒いでいたのである。

しかし、その後が大変だった。

生徒に、でき上がったばかりの竹槍が渡された後、今度は、三宅少尉の指導のもと、竹槍で戦う訓練が、始まったからである。

竹槍を持って一列に並んだ野々村たちに、三宅少尉が、号令をかける。

「まず、突き百回！　はじめ！」

十五歳になったばかりの少年にとって、長い竹槍は、かなりの重さだった。それを持って、続けて百回も、突けというのだから、しばらくすると、途中で、倒れてしまう者も出てきた。

倒れた生徒を、校長が、容赦なく、竹刀で殴りつけた。

その後、今度は、三宅少尉の精神訓話が続いた。

4

「諸君」

と、三宅少尉が、生徒たちの顔を見回しながら、甲高い声を出す。途端に、校長が、横から、顔を真っ赤にして、

「少尉殿から話を聞く時は、不動の姿勢を取れ！」

と、怒鳴り、また、倒れそうになる生徒や、不動の姿勢を取っていない生徒を、竹刀で殴りつけた。

その間にも、三宅少尉が、甲高い声で、話を進めていく。

「今、諸君は、こんな竹槍一本で、上陸してくるアメリカ兵に、勝てるだろうかと、内心では、疑っているに違いない。そうだろうと思う。たしかに、たった一本の竹槍で、アメリカ兵の銃と戦うのは、簡単なことではない。しかし、だからといって、初めから、絶対に勝てないと思ったら、その時が負けなのだ。諦めてはいかんのだ。精神一到、何事か成らざらん、である。そこで、どうやったら、竹槍を使って、アメリカ兵に、勝つことができるのか、誰か考えた者は、おらんか？」

三宅少尉が、声を張り上げた。

野々村たちが黙っていると、三宅少尉は、今度は竹槍で、壇上から一人一人を指しはじめた。

「君は、どう思う？　君の意見を、聞かせてくれ」

三宅少尉は、いちばん前に並んでいた五年生の生徒に、声をかけた。

その生徒は、緊張した顔で、

「アメリカ兵の油断を見澄まして、この竹槍を投げつけます」

と、答えた。

「そうか、竹槍を飛ばすのか。それで、君には、アメリカ兵を、串刺し《くしざ》にする自信があるのか？」

「いえ、ありません」

と、生徒が、いった。

その途端に、三宅少尉は、自分の持っていた竹槍を、生徒に向かって、投げつけた。

生徒が、慌ててよける。

「ばか者！　逃げるヤツがあるか」

三宅少尉が、怒鳴る。

「アメリカ兵の油断を見澄まして、竹槍を投げつけるというのは、悪くない。おそらく、私だって、そうするだろう。だが、今の返事で気に入らないのは、私が自信があるのかと聞いた時に、ありませんと答えたことだ。いいか、戦場では、殺すか、殺されるか、その、二つに一つしかないのだ。そして、自信のあるヤツが勝つんだ。いいか、諸君たちに、はっきりいっておくぞ。アメリカ兵に向かって竹槍を投げる時には、絶対に、アメリカ兵の体に、突き刺して殺してやると信じて投げなくてはいかん。

本土決戦に備えるわれわれ兵士の合言葉を君たちに、教えておこう。それは『念じれば、矢は石も射抜ける』だ。中国は前漢《ぜんかん》の時代、武帝《ぶてい》に仕えた李広《りこう》という将軍がいた。ある時、虎狩りに行き、草むらにひそむ虎に向かって矢を放った。矢は命中したが、よく見れば、矢が射抜いたのは、石だった。念じれば矢も石を射抜くということだよ。われわれの矢が、奇跡的に石を射抜いたら、本土決戦で、われわれは、アメリカに勝てるんだ」

5

三宅少尉の話が終わると、ただちに、校庭に、的が五つ作られた。

そこから五メートル離れた場所で、竹槍を投げて、竹槍を、命中させる訓練が始まった。

校長が、また大声で、叫んだ。

「いいか、絶対に、アメリカ兵を、倒してやる。殺してやる。日本を、守るんだ。そう思って、本気で、投げるんだ。的に命中するまで、訓練を続けるぞ。よし、はじめ！」

それは、野々村たち生徒が、疲れ切って倒れるまで訓練が続けられることを意味していた。

6

近鉄特急「しまかぜ」が、名古屋を出発した後、次に停まる駅は、四日市である。

「しまかぜ」の座席に座って、野々村は、過去の思い出にひたっていた。

当時のことが、まるで、昨日のように、野々村の脳裏に、蘇《よみがえ》ってくる。

野々村は、戦争が終わってすぐ、両親と一緒に、伊勢から、東京に引っ越した。焼け野原になった伊勢で、父親は仕事を失い、一家は路頭に迷う状態だった。そこで父親が、親戚がやっていた東京の印刷会社に就職した。当時、国民の誰もが、活字に飢えていて、本や新聞を求めていた。以後、東京暮らしである。

それなのに、あれから、七十年も経《た》った今でも、竹槍を使っての、厳しい訓練や、校長の怒鳴り声、三宅少尉の命令口調を、野々村は、思い出してしまうのである。

東京に、引っ越してから、野々村は、両親が郷里の伊勢に、帰る時にも、一度も、一緒に帰らなかったし、帰ろうとも、思わなかった。

旅行好きの父親は、なぜ、息子が一緒に、郷里の伊勢に帰ろうとしないのか、いつも、不審がっていた。

野々村のほうは、なぜ、伊勢に帰ろうとしないのか、どうして、昔の友だちに、会いに行こうとしないのかを、父親から聞かれるのがイヤで、父親が、伊勢に参拝旅行に出かける日は、朝早くから家を出て、近くの公園で、時間を潰《つぶ》していた。

それは、父親にも、母親にもいえない理由があったからである。

絶対に、誰にもいえない、野々村自身が、自らの胸にしまっておかなければならない秘密だった。

自分自身の、十五歳の夏について、思い出すのも、伊勢の町に行くのもイヤだったが、それでも、野々村は、太平洋戦争について書かれた本は、目を通すことが多かった。戦争が終わってすぐ、中学校の校長は、凝《こ》り固まった皇国史観のせいで、公職追放にあってしまった。

だから、あの校長が、なぜ、五年生と四年生の四十数人に、竹槍で戦う訓練を執拗《しつよう》に、やらせたのかは、今も、分からない。本土決戦になれば、アメリカの落下傘部隊が、皇大神宮に、降下してくると、本当に、考えていたのか。それを質問する前に、校長は追放されて、しまったからである。

追放されてまもなく、校長が亡くなったと、聞いた。

伊勢から東京に、移ってから、野々村は、その答えを、見つけたいと思い、多くの戦記物の本に目を通した。

そして、本土決戦について、書かれている本の中で、その答えを、やっと見つけることができた。

7

昭和二十年八月十五日。天皇の玉音《ぎょくおん》で本土決戦を免《まぬか》れた。おかげで野々村は、今も生きている。

当時の、日本陸軍の指揮官の多くは、降伏することを承諾せず、戦闘の継続を、強く願っていた。

その軍人たちの本音《ほんね》は、次のようなものだったと、本の中には、書かれていた。

「本土決戦で、勝利すれば、その時に、終戦の機会を、とらえることができるが、このまま終戦となると、無条件降伏に、なってしまう。従って、願うのは、一撃和平論。正確には、一撃講和論なのだ」

問題は、本土決戦に、はたして勝てるのかということである。

戦後になって、当時の日本の傷ついた国力を考えれば、とても勝利は難しいと分かるのだが、軍人、特に陸軍の将校たちは、本土決戦はやってみなければ分からない。とにかく、何もせずに降伏することは、絶対にイヤだと考えていたらしい。阿南惟幾《あなみこれちか》陸軍大臣は、「陸軍は、まだ本格的な決戦をやっていない」といい、「本土決戦をやって、アメリカ軍に勝ち、講和に持っていきたい」と主張したといわれるが、これが、当時の陸軍の主張だったのである。そのため、日本本土を東と西に分け、東の第一総軍には、杉山《すぎやま》元《げん》大将、西の第二総軍には、畑俊六《はたしゆんろく》大将が、指揮に当たることになった。

それぞれ、その土地の特殊性を生かして、作戦を立てているのだが、野々村の生まれ育った伊勢では、中学の校長が、本土決戦を前に、ひとりで張り切っていたし、国粋主義者らしい、奇妙な戦略を、主張して、生徒を巻き込んでいった。

　昭和二十年六月、沖縄戦の最中、校長は、野々村たちに向かって、

「本土決戦になれば、アメリカ軍は、必ず、落下傘部隊を、この伊勢に降下させ、伊勢神宮を占拠しようとするはずである」

　と、繰り返した。

「また、日本軍の主力は、水際でアメリカ軍と戦い、彼らを海に追い落とすことに全力をあげるだろうから、どうしても、神宮の周辺は手薄になる。そこで、君たちに重大な任務が与えられるのだ。君たちは、四年生が十五歳、五年生は十六歳。サムライは、十五歳で元服し、一人前のサムライになる。君たちも、すでに元服し、一人前のサムライだ。いや、一人前の兵士だ。

　今もいうように、アメリカ軍は、必ず落下傘部隊を使って、三種の神器の中の八咫鏡を奪うために、伊勢神宮を占拠しようとするはずだ。二千年の歴史を持つ天皇制を、破滅させるのが連中の目的だ。それを許してはならない。君たちは、今から神宮の周辺の監視小屋で、アメリカの落下傘部隊を見張るのだ。連中が、降下して、神宮に侵入を図った時には、命がけで、阻止しなければならない。

　それが君たちに、与えられた使命である。もし、その戦いで、戦死すれば、君たちは、靖国《やすくに》神社に祀られるのだ。英雄としてだ。こんな光栄なことがあるか」

校長は、自分の言葉に酔ったように、野々村たちに向かって、合掌し、「いやさか、いやさか」と呟《つぶや》いた。

野々村たちは、突然、自分たちに与えられた使命に、戸惑いながら、興奮していた。

野々村たちの戸惑いや興奮とは関係なく、本土決戦は、容赦なく、近づいてきていた。

それに備えて、昭和二十年六月八日に、「戦争指導大綱」が作成された。

「方針
七生尽忠ノ信念ヲ源力トシ、地ノ利人ノ和ヲ以《もっ》テ飽ク迄《まで》戦争ヲ完遂シ以テ国体ヲ護持シ、皇土ヲ保衛シ、征戦目的ノ達成ヲ期ス」

とにかく、「精神論」である。具体的に、国として、どうすべきか、よく分からない。どう戦うべきかになると、具体性がなく、やはり、精神論になってしまうのである。

一、部隊ノ後退ハ、コレヲ許サズ
一、徒手ノ将兵ハ、戦死者、又ハ敵ノ銃器ヲ取リ戦斗ヲ遂行スベシ

こんなことを、実際に行えるのか、難しいだろう。

昭和二十年六月には、沖縄戦での敗退も決まってしまっていた。
それでも、陸軍首脳部は、とにかく、本土決戦をやって、アメリカ軍に一撃を与えてからでなければ、和平に応じられないとしていた。一撃和平論である。しかし、冷静に見て、本土決戦で、アメリカ軍に勝てる見込みは、ゼロに近かった。
それでも、迫りくる本土決戦に備えて、陸軍は、必死で兵士をかき集めていた。徴兵年齢が、十九歳だったのを十七歳にして、十七歳から四十五歳の成年男子を根こそぎ動員する。とにかく、二百万という兵士の数を揃《そろ》えて、何とか、アメリカ軍と戦うのが、陸軍の方針だった。
しかし、今から考えると、兵士の数は何とか揃っても、肝心のものが、決定的に不足していた。兵士は揃っても、戦闘を指揮する将校の数は、全く不足していた。
それ以上に不足していたのは、武器だった。
例えば、小銃の生産は、
昭和十六年　七三万丁
昭和十七年　四四万丁
昭和二十年　二一万丁
いくら兵士の数を揃えても、その兵士に持たせる小銃の生産が、がたんと落ちているのである。

関東地方は、九州の次に、アメリカ軍が上陸してくる予想地点である。ところが、関東地方の防衛に当たる第十二方面軍だが、兵士たちに、どれだけ小銃が行き渡っているかとなると、これが兵士の数の半分にも満たない四〇パーセントしかなかったのである。つまり、百人のうち、四十人しか小銃を持っておらず、残りの六十人は、敵と戦う最低限の武器すら持っていないことになる。これではとても勝てるとは思えない。

昭和十七年から、そうした事態を見越していたように、陸軍の士官学校では、竹槍訓練の参考書を作成しているのである。

昭和二十年になると、アメリカ、イギリス、中国、ソビエトの四か国が、日本に対して、ポツダム宣言を突きつけてきた。無条件降伏である。

天皇も、総理大臣も、外務大臣、海軍大臣も今となっては、ポツダム宣言を、受諾するより仕方がないと考えたが、ただ一人、陸軍大臣が頑として、戦争継続を主張した。

その時の陸軍大臣は、阿南大将である。戦争が終わった時、責任を取って、自刃《じじん》した軍人である。

何とかして、阿南陸軍大臣を説得して、和平に向かわせなければならない。

そう考えた、当時の長老の木戸幸一《きどこういち》は、いろいろ、頭を悩ませた末、次のように、阿南陸相を説得したという。

「本土決戦になると、アメリカ軍は、必ず、落下傘部隊を使って、天皇の印である三種の神器を奪おうとするだろう。もし、その一つでも奪われたら、天皇制は、崩壊してしまうんじゃないか」

この説得は、利いた。木戸がいうように、アメリカの落下傘部隊に、伊勢神宮や熱田神宮が占領され、三種の神器が奪われてしまったら、本土決戦で勝利しても、天皇制は崩壊してしまうことも、ありうるのではないか？

何よりも、国体の護持を願っていた阿南は、それが怖くなって、やっと、ポッダム宣言受諾のほうに傾いたのだといわれる。

（これだな）

と、野々村は、納得した。

彼が通っていた中学校で、国粋主義者の校長が、本土決戦になった時、アメリカの落下傘部隊のことを、やたらに恐れていたのは、阿南陸相と同じ理屈だったに違いないと、今、野々村は気がついたのだ。

その後、アメリカ軍による広島と長崎に対する原爆投下、ソビエト軍の満州国に対する侵攻と、続いた。

少しずつ、竹槍戦争が近づいてくる予感に、十五歳の野々村は、怯《おび》えた。いや、正確には、混乱していたというべきだろう。

竹槍の訓練が続き、校長や、三宅少尉は、精神論を口にした。

「精神で、勝つのだ。念じれば、石をも射抜くことができる。君たちの竹槍が、アメリカの戦車の装甲を貫いた時に、本土決戦で、われわれが勝利するのだ」

と、校長も三宅少尉も、いい続けた。

野々村には、分からなくなった。二人は、本当に、生徒たちの作った竹槍が、アメリカの戦車を、貫き通すと信じていたのだろうか。

その頃、野々村たち四人のグループの中で、一番小柄な加藤明《あきら》が、突然、姿を消し、行方不明になってしまった。

その事実を知った校長は、すぐに、四、五年生を集めて怒鳴った。

「加藤明という、わが校の四年生が、突然、行方不明になった。加藤明は、本土決戦を恐れ、アメリカ兵に、怯えて逃亡したにちがいない。たとえ十五歳の少年といえども、敵を目の前にして、逃亡するなどということは、日本人として、絶対に許されることではない。もし、加藤明を見つけたら、日本国民に代わって、その場で、容赦なく、私が叩《たた》き斬《き》ってやる」

その怒声も、まだ野々村の耳に残っている。

8

ほかの車両に行っていた孫の翔が、六号車に戻ってきた。

翔は、今年十五歳の少年である。思えば、今から七十年前、本土決戦に備えて、竹槍での訓練をしていた野々村も、当時、十五歳だったのだ。

ふと、翔の顔を、見ていると、あの時、行方不明になった、加藤明の顔とだぶって見えた。

野々村は、あの時、失踪した加藤明という同級生に対して、特別の感情を、持っていた。

野々村がいた中学校は、男子校で、その上、戦況が悪くなってくると、校長が、野々村たちに向かって、

「いいか、お前たちは、どんなことがあろうとも、絶対に、伊勢神宮を、守らなくてはいけない」

と、檄《げき》を飛ばし、時々、野々村たち生徒を校舎に泊まらせて、竹槍の訓練を、続けることもあった。

そんな合宿が続くと、野々村は、小柄で、少年とも少女ともつかないような顔立ちを

している加藤明という同級生に、ある感情を、持つようになっていった。

特急「しまかぜ」は、定刻通りに、伊勢市に、近づいている。翔が、こっちを向いている。可愛《かわい》らしい笑顔だ。

翔も、どちらかといえば、小柄なほうである。どこか、あの加藤明に、似ていると、野々村は、思う。

（加藤明に対する、あの時の感情は、いったい、何だったのだろうか？）

と、野々村は、ふと思った。甘美で、少しばかり恥ずかしい。

戦後すぐ、野々村は、両親と一緒に東京に引っ越したのだが、途端に、あの感情も消えてしまった。

消えてしまったのだが、今でも鮮明に記憶していた。

野々村は、宇治山田で「しまかぜ」を降りる。そこに、迎えに来てくれているのは、あの時の四人組の一人、木島新太郎《しんたろう》のはずである。

木島新太郎や阿部孝夫《たかお》に会い、昔話になったら加藤明に感じたあの不思議な感情が、蘇ってくるのだろうか？

第二章　伊勢再訪

1

駅まで迎えに来てくれていた木島新太郎とは、中学生の時以来だから、実に七十年ぶりの再会ということになる。会うなり、お互いに顔を見合わせて、笑ってしまったのは、お互いの顔の中に、中学時代の面影を残しているくせに、八十五歳の老人の容貌《ようぼう》を確認したからだろう。

「こんにちは。よろしくお願いします」

と、孫の翔が木島に挨拶した。

木島が、ニコニコ笑いながら、

「この近くに、ホテルを予約しておいたから、これからすぐに、そこに行って、お茶でも飲みながら、ゆっくり話でもしようじゃないか。お孫さんも疲れているだろう」

と、誘った。

「いや、ホテルに入る前に、できれば、内宮を参拝したいんだ。何しろ、ここに来るのは、七十年ぶりのことだからね。それに、孫の翔も、あの当時のわれわれと同じ年頃だから、元気一杯だよ。二十年ぶりに、新しくなった、内宮を見せてやりたいんだ」

と、野々村は、いった。

「そうか、分かった。君がいうなら、そうしよう」

と、木島が、いってくれた。

そこで、木島が乗ってきた車で、内宮に、向かうことにした。

広場の駐車場に車を入れてから、三人は、砂利道を内宮に向かって歩いて行った。

空は、すっきり、晴れているのだが、風が冷たい。それなのに、本殿に向かって、参拝者の長い列ができていた。

「それにしても、平日だというのに、すごい参拝者の列だね。いつもこんなに人が、多いのか？」

野々村は、七十年ぶりに見る境内の光景に感嘆していた。

「何といっても、君も知っているように、昨年は二十年ぶりの、遷宮があったばかりだからね。全国から、観光客が来てるんだ。週末も平日も、毎日こんなもんだよ」

と、木島が、いう。

気温が低いのと、風が冷たいので、コートを着た参拝者が多いためか、延々と続く人の列は、やたらと、黒っぽく見えた。

社務所のところで、列がちょっと、乱れていた。お守りや伊勢神宮参拝の記念品を、買うために、社務所の前には、たくさんの人が集まっている。

それでも、本殿の前まで続く行列は途だえることがなかった。

石段を登ったところに、本殿がある。その石段も本殿も、野々村には、全てが、新しく清々《すがすが》しく見えた。遷宮の後だから、全てが新しいのだ。

石段のところに、

「写真を撮る方は、石段の下で撮ってください」

と、大きく書いてあった。そのせいか、石段の下と途中は、携帯を使って写真を撮る人たちで、大騒ぎになっていた。

「われわれも七十年ぶりに記念写真を撮ろうじゃないか」

と、木島が、いい、携帯を取り出した。石段の下で野々村と並んで立っているところを、記念写真に撮ってから、石段をゆっくり登っていった。

野々村は、手を合わせながら自分の横で拝礼している孫の顔を、見ていた。この孫も十五歳になった。あの時の自分たちと同じ年齢である。

昭和十九年の暮れから、二十年にかけて、何回となく神宮の周辺に空襲があった。伊勢神宮もその空襲にまき込まれた。あの時、米軍は、この森に、天皇の先祖が祀られているると知っていたのだろうか。

昭和二十年四月からは、空襲警報が鳴ると、野々村たちは、いざとなれば、火を消しに、駆けつけようと、見張り小屋から、伊勢神宮の森を、眺めていたし、実際に飛び出して行ったこともある。

戦争がなくなった今、十五歳の孫の翔は、どう感じているのだろうか？　それが知りたくて、野々村は、参拝を終わって、歩き出してから、

「どうだった？」

と、翔に、きいてみた。

「すごい人だね」

と、翔は、いってから、

「おじいちゃん、お腹が、空《す》いた。寒いから、何か温かいものが食べたい」

と、いう。

野々村は、思わず、苦笑してしまった。孫の答えが、あまりにも、あっけらかんとした返事だったからである。昔の野々村だったら、どう答えたろうか。たぶん、大人に気に入られる答え方をしただろう。孫は、現代っ子なのだ。翔でなくても、今の高校生なら、誰もがこんなものだろう。

二人の会話を聞いていた木島が、

「それなら、おかげ横丁に行って、何か食べよう」

と、いってくれた。

この様子では、おかげ横丁も、おそらく、大混雑だろう。

内宮から、木島の車で、おかげ横丁に、向かった。

野々村が想像していた通り、おかげ横丁は、どの店も人の波だった。有名な、赤福の本店も満席で、店の前も中も人が詰まっていて、身動きが取れなかった。

「おかげ横丁も大繁盛だな」

野々村が、いった。

木島が案内してくれたのは、昭和初期の店構えになっているレトロ調の牛鍋屋だった。

もちろん、この店も満員だったが、それでも木島が、何とか席を取ってくれて、十五歳の翔を真ん中にして、運ばれてきた牛鍋を突っつくことができた。

外が寒かったので、温かい牛鍋を食べると、すぐに、体が温まってきた。

そのあと、翔の希望で、赤福本店に行った。ここは、さらに混んでいて、入り口を入り、赤福とお茶のあとは、流れ作業のように、裏口から出されてしまった。

おかげ横丁のあと木島が用意してくれたホテルに入った。木島は、

「阿部も、久しぶりに君に会うことを楽しみにしているんだ。だから、この近くの料理

店に、夕食の席を、用意した。ほかにも、君にぜひ会って話をしたいといっている人間がいるので紹介するよ」

と、いった。

今夜は七十年ぶりの再会だから、話は山ほどある。しかし、酒食を伴っての昔話には、孫の翔は何の興味もないだろうし、むしろ、苦痛に感じるだろうと考え、野々村は翔をホテルに残すことにした。夕方になると、木島が、セッティングしてくれた料理店に、出かけて行った。

料理店に着くと、阿部がすでに来ていて、二人を待っていた。

「やあ、久しぶりだな。まだまだ、元気そうじゃないか。安心したよ」

阿部が、笑顔で、野々村を迎えた。

当時の四人組の中で、阿部は、いちばん背が高くて、体力があった。その阿部も、七十年ぶりに会うと、やはり、当たり前の話だが、八十五歳の老人の顔に、なっていた。

「どうしても、君に会いたいという人がいるので、連れてきたよ」

木島が、七十代前半の男を、野々村に紹介した。

「高野正志《こうのまさし》です」

と、その男は、神妙な表情で、野々村に自己紹介した。

「高野さんというと、もしかして、あの校長の」

と、野々村は、いった。

「そうです。校長をやっていた高野の息子です」

と、相手が、いう。

野々村が通っていた、中学校の校長の名前は、高野である。戦争が終わってから、極端な国家主義的な教育が原因でパージされ、追放されてしまったことは、東京にいた野々村も聞いていた。

「野々村さんは今、東京の大学で、日本の古代史を、教えていらっしゃると、お聞きしたんですが」

と、高野が、いう。

「たしかに、大学で、日本の古代史を教えていますが、もう定年退職して、今は月に二、三回、臨時講師をしています」

と、野々村が、答えると、

「ご存じかもしれませんが、私の父親は、極端な皇国史観を、生徒に教えたということで、パージにあって、校長を辞めさせられてしまいました。その後、父は、生きる自信を、すっかり失ってしまったらしく、中学を辞めてから一年目に、自殺してしまったんですよ。自分は、生徒たちに、間違ったことを教えたとは、これっぽっちも、思っていない。それなのに、どうして、教職を追放されなくてはならないのか？　私には、その理由が分からないと、遺書には、そう書いてありました。

私も、父が、どうして、追放されなくてはならなかったのかを、今でも、疑問に思っているんです。たしかに、父の教えは、今でいえば皇国史観そのものです。でも、その皇国史観が、どうして、いけないのか？　皇国史観を教えたことで、どうして、校長の職を追われなければならないのか？　父は、ずっと疑問に思っていましたし、私も、疑問に、思っているのです。

キリスト教の学校で皇国史観を教えたら、たしかに、おかしいですが、父が教えていたのは、何といっても、伊勢神宮のそばにあった中学校ですからね。皇国史観を教えるというのは、むしろ当然なんじゃありませんか？　野々村さんは、そうは、思いませんか？」

高野の顔が、まるで、まなじりを決したというような、険しい感じになっているので、野々村は、

「まあ、とりあえず、飲みましょう」

と、いって、まず誘ってから、

「高野校長が、もし、伊勢神宮の神官だったら、別に、問題にはならなかったと思いますよ。今、あなたがおっしゃったように、皇国史観でなければ、逆におかしいんです。ただ、高野校長は、伊勢神宮の神官ではなく、中学校の、校長先生でしたからね。そ

れに、日本に進駐してきたマッカーサーは、日本の学校から皇国史観を一掃しようと、考えていたと思うのです。硫黄島《いおうとう》でも沖縄でも、アメリカ軍は、日本軍の抵抗に遭って、苦戦していて、日本軍が勇敢なのは、皇国史観から来ていると、おそらく、マッカーサーは、考えたんじゃありませんかね？　ですから、高野校長のような普通の中学校の校長が、皇国史観を持っていては、困ると思って、無理やり追放してしまったんだと、考えますがね」

「確認しますが、野々村さんは、東京の大学で、日本の古代史を教えておられたわけですよね？」

「ええ、そうです」

「野々村さんが、日本の古代史を勉強されている時は、やはり皇国史観を否定するわけじゃないでしょう？」

「ええ、その通りです。皇国史観を否定すると、日本の神話は成立しませんから」

「『古事記』とか『日本書紀』とかを勉強していけば、どうしたって自然に、それが皇国史観につながってしまいますよね。私は、父のことを考えると、そう思わざるを得なくなってくるのです」

「そうですね。ただ、歴史を研究するときは、何とか史観とか、そういった一つの視点から考察しようとは思っていないのですよ。自由な、私の個人的な思いで、日本の古代史を、研究したいし、学生にも教えたいと思って、ずっと、そうやってきました。これからもそうしたいと、考えています」

「それは、私にもよく理解できます」

「それで、高野さんは今、何を、なさっておられるのですか？」

野々村は、逆にきいてみた。

「大学を卒業した後、ある小さな出版社に入って、本を作っていたんですが、十年ほど前にそこを辞めて、今は『日本の歴史』という月刊誌を、自分で発行しています。毎月赤字すれすれですが、何とかして父の無念を晴らしたいと、その思いで、雑誌を出し続けているんです」

と、高野が、いった。

「そうすると、やはり皇国史観が、その『日本の歴史』という雑誌の主張ですか？」

「ええ、その通りです。どうしても、雑誌を通じて、父の想《おも》いを皆さんに知ってもらおうという気持ちになってしまうので、野々村さんがいわれたように、雑誌のモットーは、皇国史観です」

結局、野々村は、中学時代の仲間、木島と阿部、それに、追放された校長の長男、高野正志の四人で、夕食を取り、酒を飲んだ。

「野々村は、しばらく、こっちで、過ごすんだろう？　そのつもりで来たんだろう？」

と、木島が、きく。

「いや、そうもいかないんだ。孫の学校も始まるからね。それに、孫に何かあったら、娘夫婦に顔向けできないからね。しっかりと、送り届けないと。だから、二、三日したら、東京に戻ろうと思っている」

「何だ、二、三日で、帰ってしまうのか？　せっかく、こっちに来たんだ。慌てて、東京に帰ることはないだろう。それに、お孫さんももうすぐ高校生だろう。切符さえ手配してやれば、一人で帰れるじゃないか。七十年ぶりに来たんだから、もっと、ゆっくりしていけばいいじゃないか？」

と、横から、阿部が、いった。

「そうだよ。せめて一週間くらいは、ゆっくりしていけよ」

木島が、いうと、阿部が、また、野々村の顔を見ながら、

「君が伊勢に来たのは、七十年ぶりだというじゃないか？　それなら、しばらくこちらにいたって、いいと思うがね。君に会いたい、君と話をしたいという人が、何人もいるんだ。東京に、どうしても、用があるというのなら仕方がないが、そうではないのなら、しばらく、こっちにいたらいい。ゆっくり、昔話をしようじゃないか」

「それにしても、ここに加藤がいたら四人揃うんだがね。加藤がいないのが、返す返すも残念だ」

木島がいい、阿部が、

「いまだに、加藤明は、行方不明のままで、どこにいるのか、分からないんだよ。戦争中、加藤明が、行方不明になった時、いろいろなことをいう人が、いたじゃないか？加藤明は臆病《おくびょう》な奴《やつ》だという人もいれば、戦争が嫌いで、逃げ出したんだという人もいた。それならば、戦争が終わってから、現れるはずなのに、一向に現れなかった。今だって、どこにいるのか、それとも、すでに死んでいるのか、分からないんだよ。加藤明の両親なんか、一生懸命、行方を探していたらしいんだが、見つけられないうちに、二人とも亡くなってしまった」

と、いう。

「加藤明さんが、行方不明になった件は、ひょっとすると、私の父が、いけなかったのかもしれません」

と、高野が、いった。

「加藤さんがいなくなった時、父は、猛烈な勢いで、怒った。あいつは臆病で、戦争が怖くなって、どこかに、逃げ出したんだといったそうです。そんな言葉を口にしたのは、間違いなく、父のミスです。校長がそんなことを、いったものだから、加藤明さんも、おそらく、出るに、出られなくなってしまったんですよ。それで、この伊勢から、どこかに、逃げ出してしまったのかも、しれません。私も、一日も早く、加藤さんが、出てきてくれればいいなと、ずっと、思っていたんですが、いまだに、どこにいるのか、分からないのです」

「君は特に、加藤と仲が良かったから、加藤が、どこに、逃げたのか知っているんじゃないのか？」

木島が、野々村に、きいた。

「あの日は、ほかにもっと、いい見張り場所がないかと、加藤と別れて、別々に探し回っていたんだよ。そうしたら、夜になって、あの大空襲のあと、加藤は、帰って来なかった。だから、加藤が、どこに消えたのか、僕にも、全く分からないんだ。想像がつかないんだよ。おそらく、伊勢神宮を守ろうとして飛び出していった。その責任感で、僕たちの前から姿を消してしまったんじゃないかな。そんな気がして、仕方がないんだ」

と、野々村は、いった。答えにならない答えだと、野々村自身分かっていたが、木島も阿部も、不思議に反論しなかった。

次の日の夜、高野正志が、ホテルに、野々村を訪ねてきた。今度は、父親の高野元校長が自殺する前に書いたという遺書を持ってきて、

「とにかく、読んでみてください」

と、野々村に、その遺書を、押しつけるように、渡した。

いかにも、あの頃の高野校長が書いたと思われる、墨で書かれた、遺書だった。

「拝見します」

と、野々村は、いって、遺書を読んでいった。

それには、こうあった。

「私はずっと、日本は神国、神の国であると固く信じて、それを教育に生かしてきた。その考えが間違っていたとは、私は、今でも思っていない。

そう考えれば、伊勢神宮は、神の国の根本である。その伊勢神宮を守るために、中学校の上級生、四年生と五年生を、昭和二十年からは連日のように、伊勢神宮の守りに当たらせたのは、間違っていなかったと思っている。

戦争がはげしくなるにつれて、伊勢神宮周辺は、何度も、爆撃された。B29の爆撃もあったし、艦載機、あるいは、P51による機銃掃射もあった。

そのうち、日本は、この戦争に負けるかもしれないと、考えるようになっていった。

しかし、もし、日本がアメリカに負けるようなことになっても、伊勢神宮だけは、断固として、守らなければならない。アメリカの手に渡すようなことは、絶対に、あってはならない。そう固く信じた私は、苛酷《かこく》なことだとは、思ったが、十五歳から十六歳までの教え子たちを、伊勢神宮を守るために、総動員することにしたのである。

私には、彼らが嫌がっているようには思えなかった。いや、むしろ、彼らは喜んで、空襲のたびに、伊勢神宮に集まり、あるいは、監視小屋でアメリカの落下傘部隊が降下してこないかどうかを、爆撃が終わるまで見届けて、それを、報告していたのだ。

私は、自分自身のためにとか、功名心から、少年たちを使って、伊勢神宮を守ろうとしたのではない。

私は父から、日本は神国、神の国であり、その根本は二千七百年前、天照大御神が、この日本を創ったのであり、その天照大御神を祀るのが、伊勢神宮であると、教えられてきた。

ここには、日本国の根本がある。日本精神の根本がある。

断固としてそれを守って、いったい、どこが悪いというのだろうか？

私は自分の考え、歴史認識が間違っていたとは、今でも少しも思っていない。それなのに、私は、進駐軍によって、追放されてしまった。私の考え、教育理念を、進駐軍が、きちんと理解していたとは、とても、思えない。

私が追放された理由は、この伊勢神宮を、少年たちを使って守り通したことにある。それが、追放になった理由だとしか私には思えない。

そして、天皇陛下が、「現御神《あきつみかみ》にあらず」と宣言なさった。私は、この日本が、神の国だから、伊勢神宮を守ったのである。それを考えると、天皇陛下のお言葉は、悲しく、受け止めるしかなかった。

私という人間は、これからの日本には必要のなくなった、人間なのだろうか？

私は、消えていかなくてはいけない人間なのだろうか？

私がやったこと、すなわち、十五歳の少年たちに、竹槍を持たせ、一緒になって伊勢神宮を守ったことは、間違っていたのだろうか？　誰か教えてくれないだろうか？」


高野元校長の遺書は、そこで、終わっていた。

「母が遺書に気づいた時、父は、すでに亡くなっていたそうです」

と、高野が、いった。

十五歳の孫の翔は、すでにベッドに入って、軽い寝息を、立てていた。

野々村は、その後も、高野と話し合った。

「これを読むと、高野校長は、昭和天皇が人間宣言をされた後に、自決されているのですね？」

野々村が、きいた。

「そうです。一九四六年ですから昭和二十一年です。この年の一月一日に、昭和天皇が人間宣言を、されたのです」

「昭和二十一年といえば、私が旧制中学を卒業した年ですが、その時のはっきりした記憶はないのですよ。人間宣言についていろいろと、知るようになったのは、教職に、就いてからです」

と、野々村は、いった。

「野々村さんたちは、校長だった父の命令で、伊勢神宮を守ろうとした。その時は、たしか十五歳でしたね？」

「そうです。十五歳です」

「十五歳の時、父のやったことは、間違っていると思いましたか？」

「あなたが、おっしゃったように、当時の私は、まだ、十五歳でしたし、十七歳になったら、召集されて戦争に行くことになると思っていました。その頃、召集年齢が、十九歳から十七歳に、引き下げられていましたからね。

旧制中学を卒業したら、その歳《とし》になるんです。ですから、戦争に行くことは当然のことだと思っていたし、伊勢神宮を、守るということについて、抵抗は、全くありませんでしたね」

「どうしてですか？」

「その頃は、そういう時代だったからですよ。でも、今から、その時の気持ちを、考えることは難しいですね。いや、難しいというよりも、不可能です。どうしても、戦後の大人の反省のようなものが入ってしまうのですよ」

「野々村さん自身は、父の命令は、別に苛酷だとは、思わなかったんですね？」

「そんなことは、全く思いませんでしたよ。私だけではなく、生徒の誰もが、校長先生のいうことを当たり前のように受け入れて、当たり前のようにやっていましたからね。結構楽しかった。竹槍を持って、振り回したり、B29の爆撃を、監視したり、まるで、戦争ごっこをやっているかのように、思えたのかもしれません。実際には、生死がかかった、戦争ごっこでしたけどね」

と、野々村は、いった。

「父は、昭和二十一年元日の天皇の人間宣言を知って、自分は、もう、時代遅れの人間だと感じて、絶望したと思うのですが、野々村さんは、天皇の人間宣言を知って、どう、思われましたか？」

「私が人間宣言を、きちんと読んだのは、今もいったように、大学を卒業して、教職に就いてからです。その時、人間宣言を読んでも、愕然《がくぜん》ともしなかったし、人間宣言が行われた時の世界情勢とか、日本の中の、政治情勢とかは分かっていましたから、別に、驚きもしませんでした。もう一つ、高野校長は、この時、昭和天皇が人間宣言をされたと考えておられたようですが、私には、あれは、人間宣言とは、思えませんでした」

と、野々村が、いった。

「しかし、誰もが、昭和天皇の、人間宣言だといっていますよ」

と、高野が、いう。

高野は、新聞のコピーを持ってきていた。

「終戦直後から日本は、GHQ、マッカーサーの占領下にあった。その占領下で一九四六年（昭和二十一年）一月一日に、天皇の詔勅《しょうちょく》、いわゆる人間宣言が、発せられた。『朕《ちん》と爾等《なんじら》国民との間の紐帯《じゅうたい》は、終始相互の信頼と敬愛とに依《よ》りて結ばれ、単なる神話と伝説とに依りて、生ぜるものに非《あら》ず。天皇を以て現御神とし、且《かつ》日本国民を以て、他の民族に優越せる民族にして、延《すべ》て世界を支配すべき運命を有すとの架空なる観念に、基くものにも非ず』

こうした詔書で、天皇は、自己の神格性を、否定したのである」

「亡くなった父が、これを、天皇の人間宣言と受け取ったとしても、別におかしいことはないんじゃありませんか？　どうして、野々村さんは、そう受け取らなかったんですか？」

高野が、まっすぐに、野々村を見つめた。

「たしかに、あなたがいわれるように、昭和二十一年一月一日、天皇は詔書によって、自分は神ではないと、否定しました。しかし、この時、同時に、昭和天皇は、自分は、神ではないが、天照大御神という神の、末裔《まつえい》であることは、否定してはいないようです。

神の子孫であることを否定することには、反対しているんです。それは、当然のことだと思いますよ」

「どうしてですか？」

「日本の皇室は、天照大御神から、始まり、延々と今まで、続いています。万世一系といわれるのは、そのためです。その最初の天皇は、天照大御神、即《すなわ》ち神ですからね。いくら昭和天皇が、自分は神ではないと、否定しても、その神様の末裔であることを否定してはいないと思われます。

何しろ、それを否定してしまったら、万世一系が崩れてしまいますからね。日本の歴史も消えてしまうのです。

ですから、昭和天皇は、自分の代で、天皇家を終わらせてはいけないと思っただろうし、今の天皇も、そのことを誰よりも強く感じているのではないでしょうか。

まもなく天皇、皇后が、伊勢神宮に、来られるわけでしょう？　遷宮した伊勢神宮を見に来られる。つまり、それは、人間であることの確認ではありません。自分が、皇祖皇宗の後継者であることを確認するために来られるんですよ。皇祖は天照大御神、皇宗は、その他の歴代の天皇のことですから。

何回もいいますが、自分は神ではないけれども、天照大御神という神の末裔であることを、確認するために、来られるのです。

そう考えれば、あなたのお父さんが自決する必要は、全くなかったのですよ」

「野々村さん、しばらく、ここに、留まっていると、約束してくださいませんか？　父の墓に、お参りしていただきたいのです。そして、父に、天皇と皇后が、伊勢神宮に来られる意味を、説明してください。野々村さんの、お話を伺えれば、非業《ひごう》の最期を遂げた父も、少しは無念な気持ちが晴れると、思います。ましてや、教え子が会いに来てくれたとなれば、父も、喜ぶことでしょう」

と、高野が、いった。

「困りましたね。お墓参りをするのは、やぶさかではありませんが、今回、私には時間がないのです。私は、孫を連れて、なるべく早く、東京に帰ろうと、思っているんです」

「いや、ダメです。それは絶対に、許されませんよ。あなたは、十五歳の時、私の父である中学校の校長と、一緒になって、伊勢神宮を、なんとか守ろうとしていたわけでしょう？　父に、責任があるというなら、あなたのその行為についても、父と同じく、責任があるんじゃありませんか？」

高野は、とにかく、できるだけ早く、父親の墓をお参りして欲しいと、何度も嘆願してから、帰っていった。

2

翌朝起きると、まだ疲れが残っているのを、野々村は感じた。

八十代になってからは、いくらよく眠っても、疲れが、なかなか取れないようになっている。その原因は、単に年齢的なものではなくて、前立腺ガンが影響しているからだということは、野々村本人は知っていた。すでにガンは進行しているかもしれない。

野々村は、そう思ったが、手術をするつもりはなかった。

戦後、今まで、野々村は、精神の痛みを抱えて生きてきた。そろそろ、その精神の痛みを捨てる時が来た。いや、公にする時が来たと感じていた。だから、七十年間来ることのなかった伊勢神宮にも、孫の翔を連れてやって来たのである。

教職にあった時から、医者から渡されている大量の、薬を飲んだ。さまざまな薬である。肝臓の薬、血圧の薬、コレステロールの薬、血糖値の薬、前立腺ガンの進行を止める薬。どれがどれだか、分からないままに、毎日、医者が書いてくれたメモに従って薬を飲み続けている。

しばらくすると、翔が起きてきた。

その翔に向かって、野々村は、

「今日は、私が、昭和二十年四月から、友だちと一緒に伊勢神宮を守っていた場所に連れていってやろう」

と、いった。

昼前に、木島と阿部が、木島の車でやって来た。

「野々村、君が七十年ぶりに、伊勢神宮に来るというから、大津神社のそばに、われわれが昔作った、監視小屋を再現しておいた。七十年ぶりに、それを見に行こう」

木島が、笑顔で、いった。

今日も快晴だったが、風は、相変わらず冷たかった。

大津神社に到着。境内に入って行くと、木島がいった監視小屋が作られていた。角材とムシロと布で、作られた、お粗末な監視小屋である。

「これは、神社の許可を得て作ったので、君に見せた後は、壊して、持ち帰らなくてはいけないんだ」

と、木島が、いった。

監視小屋の前で、十五歳の孫の翔を入れて、何枚か、記念写真を撮った。ｉＰａｄで撮った写真である。

「こんな狭くて汚いところで、おじいちゃんたちは、寝ずの番をしていたの？　僕だったら、我慢できないよ」

と、翔はいった。

平和になった日本で、何不自由なく暮らしている、現代っ子の孫には、当時の自分たちの日常は、理解できないだろうと、野々村は思った。

「ここに、加藤のヤツがいれば、完璧なんだけどなあ」

阿部が、いってから、ふと、十五歳の翔に目をやって、

「今から七十年前、俺も加藤も、ちょうど、あの翔君と、同じぐらいの年齢だったんだな」

と、いった。

「同じ十五歳だよ」

と、野々村が、いった。

「そういえば、何となく、加藤に、似ているじゃないか？」

と、木島が、いう。

「今の十五歳のほうが、体格もよくて、あの頃の十五歳よりずっと大きい。しかし、精神のほうまで、大きくなっているかどうかは分からないね」

と、野々村が、いった。

それは、自分に、いい聞かせる口調だった。

野々村は、最後に、翔を一人だけ、監視小屋に上らせると、下から何枚か写真を撮っ

た。

あの頃も四人で、監視小屋に集まり、夜になって疲れてくると、一人ずつ交代で、見張りを立てて、ほかの三人は、小屋の中で、眠ったものだった。

「俺たち、たしか、鉢巻きを締めていたよな？」

阿部が、いう。

「ああ、締めていたよ。これだよ、この鉢巻きだ」

と、いって、その古い鉢巻きを、木島が、取り出した。日の丸鉢巻きである。

それを、翔の頭に巻いて、野々村はもう一度、写真を撮った。

「何だか恥ずかしいな」

と、いいながらも、翔は、いわれるままに日の丸鉢巻きを締めている。

ふと、野々村の意識の中で、今、日の丸の鉢巻きを締めて、監視小屋に立っている翔と、七十年前の加藤とが、だぶって見えた。そのことが、野々村を慌てさせた。

3

いったん、四人は、昨日と同じように、おかげ横丁に行って、昼食をとった。今日も相変わらず混んでいたが、それでも昨日よりは、少しは空いているように思えた。

翔の希望で、今日も赤福に入っていくと、ここは有名な店だけあって、昨日と同じように混んでいて、お茶と赤福が出てきて、それを食べると、反対の裏口から押し出されてしまった。

その後、四人は、朝熊岳《あさまがたけ》の、金剛證寺《こんごうしょうじ》に向かった。

野々村は、翔に、その寺について、説明した。

「伊勢神宮は、日本第一の神社だけど、その周囲には、いくつもの寺も、あるんだ。けれど、明治政府の意向で、寺の多くが神社に変えられてしまった。これから行く金剛證寺も寺だから、ご本尊は、弘法大師《こうぼうだいし》ゆかりの虚空蔵菩薩《こくうぞうぼさつ》ということになっている。しかし、なぜか天照大御神も祀っているんだ」

と、野々村が、いった。

寺に着いてみると、たしかに、金剛證寺とあるが、その雰囲気は、何となく、神社のものだった。

本堂には、弘法大師が祀られているのだが、本堂の裏に回ると、そこには、天照大御神が祀られていた。

「B29の爆撃が、激しくなってからはダメになったけど、爆撃が、まだそれほど、ひどくなかった頃、時々、俺たちは、この寺に、逃げてきていた。校長や少尉の教官には、監視小屋が作れるような、神社を探してきますといって、ここに来てはサボっていた。

ここは寺だけど、天照大御神も、祀っているから、校長や教官には、神社を、見に行ったということで通る。ウソをついていたわけじゃないからね」

と、阿部も、翔に向かって、一生懸命説明している。

野々村は、黙って、本堂に上り、周囲を見回した。

当時、野々村も訓練に疲れてくると、この金剛證寺に、逃げてきたことが、何回もあった。その時は一人ではなく、いつも必ず加藤と一緒だった。その時は、ただ単なるサボリではなかった。

あの時の気持ちは、いったい、どんなものだったのだろうか？

野々村は必死になって、その時の気持ちを思い出そうとした。

しかし、長い年月が邪魔をして、野々村には、あの時の気持ちを、なかなか、思い出すことができなかった。自分の気持ちも思い出せないが、加藤の気持ちも、分からない。あの時、加藤は、いったい、どんな気持ちで、いたのだろうか？

ホテルに戻ると、野々村に宛てて、一通の招待状が届いていた。それは、野々村たちが卒業した、中学校の後輩や生徒の父母たちから届いたもので、野々村に十五歳の頃の思い出を語ってほしいという招待状だった。

招待状の末尾には、こうあった。

「当時、この伊勢に住んでいて、十五歳の中学生だった野々村さんが、どんな気持ちで、戦争を見つめていたのか、それを、今の若い世代に、話して聞かせてほしいのです」

野々村は、苦笑して、これは出席しなければならないのだろうなと、自分に、いい聞かせた。

その後で、木島や阿部からも電話がかかってきた。

木島は、こういった。

「ぜひ、君に、その招待に、応じてほしいんだ。君は、戦後すぐ、東京に行ってしまった。そして、外から、この伊勢神宮を、見つめていたに違いない。その間、俺たちは伊勢にいて、戦後を、見守っていた。その間に、いったい、どんな差が、出るのかを、ぜひ、明日の会で、話し合いたいと、思っているんだ」

木島がいい、次に電話をしてきた阿部も、こんなことをいった。

「木島や俺は、たまには、あの頃のこと、十五歳の頃のことを、話し合ったりもするんだが、月日が経つにつれて、どうしても、だんだんに思い出として色あせてくる。あの頃、俺たちが、いったい何をしていたのかが、分からなくなってきているんだ。そんな時、東京から君が、来てくれたので、一緒になって話し合ってくれれば、あの頃の気持ちが、また、蘇ってくるんじゃないかという、そんな期待があるんだ。だから、ぜひその招待に応じてほしいんだ」

「もちろん、出るよ。皆さんに、昔の話を聞いてもらうつもりだ」

と、野々村は、答えた。

「そうか、それはありがたい」

「七十年ぶりに伊勢にやって来たんだものな」

と、野々村は、つけ加えた。

その日、野々村は、覚悟して出かけた。

会場は、おかげ横丁の中にある、アンティークな集会所だった。

「伊勢神宮と十五歳の私」

という看板がかかっている。

また、

「聴講無料」

とも書いてあった。

野々村は、午後一時に会場に入り、控室で待っていると、いろいろな人が挨拶にやって来た。

その中に、七十代後半の男と、その娘らしい女性が入ってきて、野々村に、挨拶した。

（誰だったろう？　前に、どこかで会ったことのある男だな）

と、野々村は、思った。

男のくれた名刺は、

「伊勢市郷土史家　加藤正平《かとうしょうへい》」

と、なっていた。

（加藤正平）

と、野々村が、頭の中で反芻《はんすう》していると、相手が、

「加藤明の弟です」

と、いう。

たしかに、野々村が、どこかで会ったことがあると思ったように、加藤明と、雰囲気がよく似ているのだ。

一緒にいた四十代後半と思われる女性は、娘だと名乗った。

「兄の明は、野々村さんの話を、よくしていましたよ」

と、いって、加藤正平は、セピア色になってしまった写真を、一枚取り出して、野々村に見せた。

十五歳の野々村と、加藤明が並んで写っている写真である。若々しい野々村と加藤明が日の丸の鉢巻きを締めて、竹槍を持ち、きつい顔をしている。野々村にとって、懐かしい写真である。

「兄の明が、突然、行方不明になってしまって、その後、いろいろと、探し回っているのですが、まだ、見つかっていません。そんな時に、兄の親友だった、野々村さんが、伊勢に来てくださったというので、何か、兄について、知っていらっしゃることが、あるのではないかと思って、こうして、お伺いしてみたのです。どうですか、兄のことで、何かご存じありませんか？」

と、正平が、いう。

「たしかに、当時、私が、加藤君とはいちばん、仲が良かったことは、間違いありませんが、あの頃は、四人のグループで、グダグダしていて、加藤君との二人だけの時間というのは、あまりなかったんですよ。ですから、申し訳ありませんが、お話しできるようなことは、何もないのです」

野々村は、少し引くような感じで、相手に、いった。

「そうですか。とにかく、これから、会場で野々村さんの話を、ゆっくり拝聴することにします。もし、よろしければ、後ほどまた、お話しさせていただけませんか？」

と、正平が、いった。

「分かりました。後でまた、ゆっくりお会いしましょう」

と、野々村が、いった。

控室を出ていく加藤正平の後ろ姿に、目をやりながら、

（どうやら、難しい雰囲気になりそうだな）

と、野々村は、思った。

あの加藤明の弟が、突然、目の前に現れるとは、野々村は、全く、思ってもいなかったのである。

狭い会場で二百人足らずの人々に向かって、野々村は、十五歳の時の話をすることになったが、どうしても、前のほうの席に座っている加藤明の弟、加藤正平のことが、気になって仕方がなかった。

第三章　悔　恨

1

野々村の話が始まった。

「私は終戦の年、昭和二十年には十五歳でした。内宮と外宮との間にある小さな旧制中学校の四年生、今の学制でいえば、高校一年生でした。

すでに戦況は、日本にとって不利になっていて、中学校は授業を止《や》めていました。その代わりに、軍需工場に働きに行ったり、奉仕活動をやっていたのです。

私たち高学年組は、神宮境内の清掃と、万一、アメリカ軍が上陸してきた時には、伊勢神宮を守れと命令されていました。もっと、具体的にいえば、伊勢神宮に奉納《ほうのう》されている神器、八咫鏡を守ることでした。

『本土決戦になった時、アメリカ軍は、落下傘部隊を伊勢神宮の近くに降下させ、神宮に奉納されている三種の神器の一つ、八咫鏡を奪うのではないか？　そうなっては大変だから、君たちは、絶対にそれを阻止しなければならない』

配属将校たちに、そういわれて、私たちは、本土決戦の場合に備えて、監視小屋をいくつかこしらえ、そこで、見張ることになっていましたが、B29による初空襲の頃は、どこかノンビリとしていました。

ところが、戦後になって天皇陛下の『独白録』が発表されると、その中に、次のような個所があったのです。

『もし、敵が伊勢湾付近に上陸すれば、伊勢、熱田両神宮がただちに、敵の制圧下に入り、三種の神器を移動する余裕もなく、その確保の見込みが立たない。これでは国体の護持は、難しい』

天皇陛下が、そういわれているのを、本で読んだのです。陛下も、この伊勢神宮にある八咫鏡が、アメリカ軍に奪われることを心配されていたのです。つまり、私たちの任務は、決して遊びではなかったということになります。

昭和二十年になると、まず一月十四日に宇治山田市、現在の伊勢市が初空襲を受けました。その後は一月に一回くらいの割合で、伊勢市が空襲を受けるようになったのですが、それでもまだ、中学生だった私たちは、どこかに、そのことを楽しんでいるような、心の余裕があったのです。

昭和二十年の、七月二十八、九日といえば、皆さんの中にも覚えていらっしゃる方もあるかと思いますが、伊勢市が、Ｂ29による大空襲を受けました。百人近い死者が出て、五千戸に近い家が、焼かれました。この時も、私たちは、それぞれの監視小屋がある高台にいて、空襲の状況を見守っていたのです。

私は、私と同学年の、友だち三人、加藤君、阿部君、木島君と一緒に、近くの高台にある神社の境内で空襲をじっと見守っていました。

それまでの空襲は、空襲警報が出たとしてもすぐに解除になって、自宅に、帰ることができたのですが、この時ばかりは、少し違っていました。

Ｂ29の大編隊が、まるで、伊勢市だけを狙っているかのように見えました。伊勢市全体が紅蓮《ぐれん》の炎に包まれてしまったのです。

私は、みんなと少し離れた伊勢の街が見わたせる鳥居のところへ行きました。しばらくして、加藤君が、私に近づいてきました。

その時、私は、別に強い気持ちではなく、

『神宮が心配だな』

と、いったのです。とたんに加藤君は、

『君の言う通りだ。僕も心配だから、神宮に行って、様子を見てくるよ』

と、私に、いうなり、いきなり駆《か》け出したのです。

私は、加藤君と、コンビを組んでいましたので、あわてて、彼の腕をつかんで引き留めようとしました。

『今、僕たちが行ったって、何の役にも立たないぞ。それならば、ここで、この空襲をしっかりと見守っていようじゃないか。ひょっとすると、アメリカの兵隊がパラシュートで降りてきて、神宮にある八咫鏡を奪おうとするかもしれない。その時には、竹槍を持って、敵をやっつけよう。それが僕たちの役目じゃないか』

私は、そういって説得したのですが、加藤君は、私のいうことを、聞こうとはしませんでした。

『君のいうこともよく分かるが、とにかく、神宮を守るのが僕たちの役割だから安全かどうかを見に行ってくる。そうしないと、気持ちが、落ち着かないんだ』

そういって、加藤君は、駆け出していき、煙の中に消えてしまったのです。

あとになってから、その時、私は、どうしてもっと強く、加藤君を引き留めなかったのかと思うと、今でも残念で仕方がありません。

この時のB29による空襲は、いつもの空襲とは、明らかに違っていて、深夜から明け方まで延々と、続きました。次から次へと、B29の編隊がやって来て、焼夷弾《しょういだん》を、落としていきました。伊勢の町全体が、真っ赤に燃えているように見えました。

空襲で神宮がどうなっているのか、私たちがいた場所からは、全く分かりませんでしたが、そのうちに、私たちがいた外宮のあたりにも、バラバラと焼夷弾が落ちてきて、たちまち周囲の林も炎に包まれたので、私は、慌てて、逃げ出しました。

実際に空襲があって、自分たちの周りに焼夷弾が落ちてくると、それを消し止めるような余裕など、十五歳の少年だった私には、全くありませんでした。とにかく、一刻も早く、どこか安全なところに逃げなくてはならない。そればかりを考えて、私は、逃げ回って、何とか助かることができました。

悪夢のようだった七月二十九日の夜が明けて朝になると、やっと、空襲警報が解除されました。

私は、飛び出していった、加藤君がどうなったか、それが心配で、まだくすぶっている焼け跡の中を、伊勢神宮に向かって、走っていきました。

この夜、伊勢の町が、半分くらいは燃え尽きていたのではないでしょうか。焼け跡で、呆然《ぼうぜん》と立ち尽くしている人々の姿も、ありました。道端に転がっている死体も、いくつか見ました。

私は、必死になって、探したのですが、加藤君は、見つかりませんでした。その後、加藤君がどうなったのか、今になっても分からないのです。

私はその後、長い間、自分自身の中で、どうして、あの時、神宮のことが心配だ、などと口走ってしまったのかと、ずっと後悔していました。もし、あの時、私が、あんなことをいわなければ、加藤君は、神宮の様子を、見てくるといって、飛び出しては、いかなかったのではないかと思うのです。

もし、私の一言が、彼を死に追いやってしまったのであれば、私が、彼を殺したようなものです。

（お前が加藤君を殺した）

そういわれても、私には、返す言葉がありません。あの時、自分では、炎の中を、神宮を見に行く勇気もないくせに、その心配を加藤君にかぶせてしまったんです。

空襲が終わって、私は、ほかの二人と一緒に焼け跡に行き、加藤君を必死で探しました。小学校の校庭に臨時の救護所ができていて、何人もの負傷者が、運び込まれており、手当てを受けていました。私たちは、その中に加藤君がいないかと、思って、探し回ったのです。

しかし、いくら探しても、見つかりませんでした。

その時、私は、加藤君が伊勢神宮を見てくるといって、空襲の最中に、神宮の方向に走っていったことを、ほかの二人には、どうしても、いえませんでした。私の余計な一言で、加藤君が、煙の中に、飛び込んでしまったこと、そのくせ、いい出した私が空襲が怖くて、逃げ出してしまったことなど、いえるわけがありませんでした。

加藤君がどうなったのかは、いまだに分かりません。もし、身元不明の、焼死体があったとすれば、それは、加藤君であるかもしれないのです。神宮が空襲でどうなったか、加藤君が、それを調べに行ったことは、ハッキリしているのです。

戦後分かったことを、もう一つ、申し上げておきます。

伊勢神宮に三種の神器の一つ、八咫鏡が奉納されていることは、前々から、聞いていました。しかし、それがどんなものなのかは、当然のことですが、見たことは、ありませんから分かりません。

同じように、熱田神宮に奉納されているという草薙剣も、どんなものかは、知りません。そして、皇居にあるといわれる勾玉も同じです。

漠然と、三種の神器というのは、大変貴重なものであり、天皇家にとって大事なものだということは、分かっていましたが、はたして、どれくらい、大事なものかということは、実際には、私にもよく分かっていなかったのです。

それが、戦後の、昭和天皇のお言葉などから、三種の神器について、いろいろと勉強をしました。記紀の世界では、天照大御神は、八咫鏡を自分の分身と心得よ、といわれています。その後、現在にいたって、三種の神器というものの尊さが薄れてしまっているのではないかと、考えたりもしました。

しかし、調べていくと、それは、全くの逆でした。

一時、日本の国は、南朝と北朝に分かれていたことがありました。その後、統一されたのですが、戦前の帝国議会で、正統な天皇家は南朝であるという決議がなされました。その後、現在の天皇家は、北朝であることが分かっています。

そうなると、はたして、南朝と北朝の、どちらが、正統な天皇家であるのかが分からなくなってしまいます。

そこで、次のようになっているというのです。これは、戦前の本庄《ほんじょう》繁《しげる》という侍従武官長が、当時の日記を、残しているのですが、その日記には、ときの宮内大臣の言葉として、こう書き記されています。

『御血統は南北何《いず》れにしても同一にして、只《ただ》皇統は三種の神器を受け嗣《つ》がれたる処《ところ》を正しとす、即ち北朝の天子が南朝の天子より神器を引嗣がれたる後は、其方を正統とせざるべからず』

つまり、三種の神器こそ、天皇が正統な天皇かどうかを、示すものだということになっているわけです」

野々村は、一息つき、会場に集まった人たちの顔を、ゆっくりと見回した。

「考えてみれば、私の家は、父も、そうでしたし、祖父の代から、平凡な、サラリーマンでした。それも、伊勢神宮とは何の関係もない、ごく普通の会社のサラリーマンです。親戚にも、伊勢神宮に、関連した仕事をしている者は、一人もおりません。

それに比べて、加藤君の家は、たしか、親戚に、伊勢神宮の神官がいたはずなのです。

ですから、あの空襲の時に、とっさに私が、神宮が、心配だといったとしても、その言葉の重さは、私よりも加藤君のほうが、はるかに重かったと思うのです。

加藤君は、逃げる代わりに、燃えさかる炎のほうに向かって飛び込んでいったのです。私は一瞬、加藤君を追いかけようと思いましたが、身体が、すくんでしまい、足を動かすことが、できませんでした。何しろ、自分が行こうと思っていた方向に、真っ赤な炎が、立ちふさがっていたからです。

今でも、加藤君が生きているのか、それとも死んでいるのか分かりません。今もどこかで生きていてくれたらいいと、私は、それを、心から希望していますが、たぶん、叶《かな》わないでしょう。

あの大空襲の時に、身元不明の焼死体がたくさんあったと、聞いていますが、おそらく、その中に、加藤君も入っていたのではないかと思うのです。

その責任は、私の心ない一言にあると、今でも、考えています。そのことを、あの大空襲の後で、すぐにでも、警察やご家族にいうべきでしたが、私には、その勇気が、ありませんでした。

その後、戦争が終わり、私は、父の勤め先の都合で、この伊勢から東京へと、居を移しました。それから今日まで、私は、一度も伊勢には帰ってきていません。帰ってくれば、加藤君のことを、思い出してしまい、自分が、何気ない言葉を、口走ったがために、結果的に、加藤君を死なせてしまったのではないかと思うと辛《つら》くて、郷里に帰ってくることが、できなかったのです。

しかし、私は、すでに、八十歳を過ぎました。もう十分に、平均寿命も生きましたし、三十年間、私に付き添ってくれた妻も、すでに亡くなりました。

そこでこの際、久しぶりに、伊勢に戻り、自分が七十年間、秘密にしておいたことをきちんと、話してから死にたいと、考えるようになったのです。

幸い、今日、会場には、加藤君の弟さんが、お見えになっているので、後で、この件について、詳しくお話しし、お詫《わ》びをしたいと思っております。

最後になりますが、私事で、貴重な場所と時間を提供してくださったことに、感謝申し上げます」

そういって、野々村は、話を終え、深々と頭を下げた。

2

講演会が終わった後、野々村は、孫の翔を一人だけ先にホテルに帰しておいて、同じおかげ横丁のアンティークな喫茶店に場所を移して、木島や阿部、加藤明の弟と話し合うことにした。

野々村は改めて、その場で加藤の弟、正平に、謝罪した。

「七十年もの間、あなたに、肝心《かんじん》なことを黙っていて、本当に、申し訳なかったと思っています。やっぱり、私は、自分のことが、可愛かったんですよ。もし、本当のことを、しゃべって、加藤君を殺したのは、お前じゃないかといわれるのが、怖かったんです。だから、伊勢にも来ることができませんでした。私には、勇気がなかったんです」

と、野々村が、いった。

その野々村の言葉に対して、加藤の弟が、いった。

「野々村さんが、今日話してくださったことを聞いて、実は、ホッとしているのです。いまだに、兄の生死が不明のままで、生きているのか、死んだのかも、分かっていませんが、あの大空襲の時に、亡くなっていたとしても、兄は、先ほどの野々村さんのお話によれば、神宮にある八咫鏡を守ろうとして炎の中に、飛び込んで行ったのですから、いわば、日本人としては、名誉な死に方を、したわけです。そう考え改めて、兄を尊敬する気に、なりました。ですから、私はむしろ、野々村さんに、お礼をいいたいくらいです」

加藤正平のその言葉の後は、急に、和《なご》やかな空気になった。

木島と阿部の二人も、どこか、ホッとしたような顔になり、

「野々村の話で、加藤の弟さんも、了解してくれたことだし、これで、長年のわだかま

りも解けたんだ。だから、これからは、時々、君も伊勢参りに、きたらどうだ？」

　と、木島が、いった。

「もちろん、そのつもりだよ。ただ、八十歳をすぎて、体もかなり、弱くなっているからね。はたして、あと何回、来られるかは分からないが、できるだけ多く、伊勢参りをしようと、思っている」

　野々村も、笑顔になっている。

「さっき、阿部とも話をしたんだが、俺たちは、あの頃は、まだ、十五歳の少年だったんだ。改めて考えてみると、当時は、やたらに、背伸びをしていたが、間違いなく子供だったんだ。考えることも、やることも、全て子供だった」

　と、木島がいい、阿部が続けた。

「俺も、当時十五歳だった頃は、アメリカ兵がパラシュートで降りてきたら、竹槍で、アメリカ兵を殺してやろうと本気で思っていたさ。しかし、冷静になって考えてみると、まともに、戦ったって勝てるはずがないと、思っている。何しろ、俺たちが持っていた武器は、竹槍一本だけなんだからね」

「僕は時々、兄に聞いたことがあるんですよ。アメリカ兵が、パラシュートで降りてきたら、戦って勝つつもりなのかと聞いたら、兄は、はっきりとした口調で、もちろん、勝つつもりだと、いっていましたよ。

しかし、本当に、勝つことができたんでしょうか？」

加藤の弟、正平が、笑いながら、きいた。

「冷静に考えれば、絶対に、勝てません。無理ですよ。何しろ、俺たちは、当時十五歳で、身長だってその頃の十五歳だから、せいぜい百五十五センチか、高くても、百六十センチくらいのものだったでしょう？

それに比べて、アメリカ兵は、百八十センチは優にありましたからね。まずは、体の大きさが違いすぎます。それに、俺たちの武器は竹槍ですけど、向こうさんは、自動小銃ですからね。あまりにも、差がありすぎますよ。どう考えたって、俺たちが勝てるはずがありません」

木島が、一言のもとに、否定した。

「上のほうは、どうだったんだろう？　知事さんとか、市長さん、あるいは、本土決戦に備えていた軍人たちは、俺たち十五歳の少年が、竹槍でアメリカ兵と戦って、八咫鏡を守れると、本当に、思っていたんだろうか？」

阿部が、疑問を提示した。

「さあ、その辺のところは分からないが、かなり期待されていたと思うね」

と、野々村が、いった。

「どうしてだ？」

「沖縄にも、ちょうど僕たちと同じような旧制中学の、同級生で作られた、鉄血勤皇隊《てつけつきんのうたい》という部隊があった。僕たちと同じ十五歳くらいの少年たちによる、部隊だよ。戦闘には、役に立たなかったが、最後まで部隊と部隊との連絡係として、活躍していたといわれている。沖縄守備隊の司令官の最後のメッセージを、ほかの部隊に伝えたのも、この鉄血勤皇隊で、最後まで勇敢《ゆうかん》に動き回っていたといわれているんだ」

「君が連れてきた翔君という、君の孫だが、今、当時の俺たちと同じ、十五歳だといっていたね？」

木島が、野々村の顔を見た。

「そうだ。十五歳だ。だから、わざわざ、連れてきたんだ。どんな反応をするか見たかったんでね」

「それで、現代の、十五歳はどうなんだ？　俺たちが十五歳だった時と比べて、どこか違うか？」

「そうだな、昔に比べて、少しばかり緊張感が、足らないかもしれないな。しかし、うらやましくもある」

「何が、うらやましいんだ？」

「あの孫の翔には、未来がある。将来、何かになりたいかといえば、なれるかもしれないし、とにかく無限の可能性があるじゃないか。あの頃の僕たちには、未来というものは、全くなかった。いや、ないように、見えた。戦争がこのまま続けば、まもなく死んでいくだろうと、誰もが、覚悟していたからね」

野々村が、答えた。

「それでも、これは、兄の言葉なんですが、ほのかな、恋愛感情のようなものを、地元の女子中学生に対して、持っていたといっていました。皆さんは、どうだったのですか？」

加藤の弟が、きく。

「女子中学生？　ああ、S女学校のことか」

と、木島が、ニヤッとした。

「たしかに、兄も、S女学校といっていましたね。その当時、皆さんは、そのS女学校の生徒さんと、付き合っていたんですか？」

「いや、なかったよ。当時、俺たちは男子校だったから、学校に、女の子はいなかった。ただ、近くにS女学校という女子中がありましてね。女子だけの中学校なんだけど、もちろん、当時は、男女の付き合いについて、うるさかったから、その女学校の生徒と、どうこうするなんてことは、できませんでしたよ。

ところが、終戦間際になって、学校が閉鎖されると、それぞれ生徒は、軍需工場で働いたり、俺たちのように伊勢神宮を守ったりしていたんですが、S女学校のほうも学校の授業が、取り止めになって、S女学校の生徒たちは、戦時下だけど、伊勢神宮には参拝者が絶えなかったので、その接待を、命じられたんですよ。

　同じ伊勢神宮を守るということで、時々、彼女たちと、近づくこともあって、おおっぴらに、話すというまでにはいかなかったけれども、何となく、遠くから挨拶をしたりしていて、お互いを意識したりしていましたよ。それが恋愛感情というのなら、そう、いえるんじゃないかな」

　と、木島が、いった。

「そのS女学校の生徒と懇親会を開いたり、一緒にどこかに、行ったりしたことはなかったんですか？」

　と、加藤の弟が聞いた。

「いやいや、そんな、バカなことをいってはいけません」

　と、木島が、笑った。

「バカなことですか？」

「そうですよ。あの頃、町の中で、そんなことをしていたら、お巡りさんに、捕まって殴られましたよ」

　野々村も、S女学校のことは、今でもよく覚えていた。自分たちが通っていた中学校の近くに、そのS女学校が、あったのである。

戦争がまだ、切羽詰《せつぱつま》った状況にまで至っていない時には、逆に、S女学校の女生徒のことを考えたことはなかった。第一、付き合う時間も場所もなかったからである。

それが、終戦間際になって、文部省によって中学校の授業が禁止され、勤労奉仕で、工場などで、働くことになった。その結果、同じ職場で働く場合も生まれてきたのである。戦局が悪化したことによる唯一の幸運だった。

「後で一緒に、S女学校、現在は、高校になっているが、その学校のそばを、通ってみようじゃないか」

と、阿部が、いった。

「そばを通って、どうするんだ？」

「戦時中の一時期ではあったが、ほのかな恋心を抱かせてくれたからな。そのお礼をするのさ」

と、阿部が、いう。

野々村と木島も、照れながら、

「よし、行こう」

と、声を上げた。

3

現在ではS女学校ではなくて、S女子高校となっている学校の前を通って、野々村たちは、ホテルの前まで行き、そこで解散した。

野々村がホテルに入り、ロビーで一休みしていると、ほかの二人と別れた加藤の弟、正平が、ロビーに入ってきた。

加藤の弟は、ロビーに入ってくるなり、野々村に向かって、

「もう少し、兄のことで、野々村さんにお聞きしたいことがありまして。お時間は、大丈夫ですか？」

と、声をかけてきた。

「もちろん大丈夫ですよ。せっかくの機会ですから、ゆっくり、お話ししましょう。まあ、座ってください」

と、野々村は、相手に椅子を勧めてから、二人分のコーヒーを、注文した。

加藤の弟は、野々村に向かって、こんなことをいった。

「兄は、戦争中、男女の交際については、周りから、うるさくいわれていたので、女生徒と話をする機会は、全くといっていいほど、ない。ところが、いわば戦争のおかげで、

S女学校の女生徒たちが、伊勢神宮で、参拝客の接待をやるようになったので、彼女たちと一緒になるチャンスができた。

そこで、何とかして、彼女たちと、仲良くなろうとするのだが、やはり周囲の目がうるさくて、思うようにできない。それが、残念で仕方ないと、何度も、そんなことをいっていたんですが、野々村さんも同じですか?」

「それは、僕や加藤君だけじゃ、ありませんよ。それまで、全く接点のなかったS女学校の女生徒が、突然、身近に、ちらつくようになったんですからね。みんな、ドギマギしながらも、何となく嬉《うれ》しかった。とにかくみんな思春期でしたから全員が彼女たちに興味を持ちましたよ。

しかし、何といっても、戦争中ですからね。話しかけたくても、そんなことは、簡単にはできなかった。もし、女生徒と二人きりになったりすれば、すぐに先生やお巡りさんが、やって来て、補導されてしまいますからね。

それでも身近に、S女学校の女生徒がチラチラするようになって、みんなの気持ちが、明るくなりました。それは、間違いありません。だからといって、それ以上の関係には進みませんでしたがね」

「誰も、彼女たちに、話しかけたりはしなかったのですか?」

「ええ、しませんでしたね。というか、できませんでした。したくても、先生やお巡りさんの眼が怖くてできなかったんですよ。現に、女生徒に、話しかけただけで補導された奴もいましたから」

と、野々村は、いった。

たしかに、当時の新聞の片隅にだが、男子中学生が、女生徒と一緒に、二人で映画を見に行ったということで、警察官に補導されたという記事が、載ったことがあった。

野々村と加藤の弟が、ロビーで話しているところに、翔がやって来た。

「昼間、おかげ横丁で、東京から来た女子高生と知り合いになったんだ。これから一緒にお茶を、飲みに行ってくるね」

といって、翔は、出かけてしまった。

その翔の後ろ姿を見送りながら、加藤の弟が、笑いながら、いう。

「お孫さんですよね？」

「ええ、そうです。この四月から高校で、十五歳になります」

「いかにも今どきの若者ですね。戦争中は、あんなことは、できなかったですよね？」

「ええ、絶対にできませんでしたよ。女の子に、声をかけるのは、とにかく冒険だったんです。だから、誰もが声をかけたくてもかけなかった。いや、かけることができなかった」

野々村が、いった。

自分たちが子供だった頃と、違って、翔は男女共学制で、過ごしている。女の子と向き合っても、ドギマギすることなど、ないのだろう。女の子にも気軽に声をかけ、友だちになる。大人や他人の目を気にせず、自由奔放に行動する孫をうらやましくも微笑《ほほえ》ましくも思えていた。

しばらく話した後、加藤の弟が、帰っていった。

4

時間が来ると、ホテルの二十階は、バーになる。

野々村は、時計を見ながら、木島と阿部に電話をかけ、明日は、どうしても、東京に帰らなくてはならないので、今夜が最後の夜になる。これから、ホテルのバーで一緒に飲まないかと、誘った。

二人は、すぐに駆けつけてきて、ホテルの二十階のバーで飲むことになった。

まずビールを飲み始めた。

木島が、野々村に、いう。

「加藤の弟が、君に、何か聞きたいことがあるといっていたが、来たのか?」

「ああ、来たよ」

「それで、加藤の弟は、君に、何を聞いたんだ？」

「例のS女学校のことさ。戦争のおかげで、僕たち男子中学校の生徒が、偶然だが、S女学校の生徒と、近づくことができた。それで、どの程度付き合っていたのかを教えてくれといわれた」

「付き合ったって？」

と、阿部が、苦笑した。

「戦争中のあの頃、そんなことが、できるはずがないじゃないか。俺たちにできたのは、せいぜい、指をくわえて、遠くから、眺めていただけだよ」

「その通りだ。だから、僕も加藤の弟には、そういうふうに、答えておいた。あの頃は、女生徒と、二人だけでいたら、それだけで不良だといわれて、補導されてしまう。そういう時代だから、女生徒と、付き合ったという思い出はなかったと、そういったんだ」

「俺だって、できることなら、彼女たちに声をかけたかったよ。でも、教師や世間の目が怖かったから、黙って遠くから、眺めていただけだった。それでも、あの頃は、楽しかったよ。

何しろ、S女学校の女生徒といえば、俺たちから見れば、はるか彼方の、遠い存在だったからね」

と、木島も、いった。

飲むものが、ビールからウイスキーに変わる頃になると、だんだんと三人の口が軽くなってきて、話題も、秘密めいたものになっていった。

木島が、声をひそめて、

「そういえば、S女学校の女の子のことなんだが、俺たちみたいな連中は、周りの目が怖くて、話しかけるどころか、そばに近づくことさえできなかった。そんな中で、一人だけ、うまいことをやった奴がいたらしいじゃないか。そんなウワサを、聞いたことがあるぞ」

と、いい出した。

「ああ、そのウワサなら、俺も、聞いたことがある」

と、阿部が、体を乗り出してきた。

「野々村は、どうなんだ？　聞いたことはないのか？」

と、木島が、きく。

「いや、そんなウワサは、聞いたことがないな。でも、そのウワサって、本当なのか？　どうなんだ？　あの頃の空気を考えると、本当の話だとは、とても思えないけどね」

「いや、正直なところ、俺だって半信半疑だよ。だって、あの頃といえば、俺たちは、いつも、集団で動いていたし、S女学校の女の子だって集団で動いていたから、個人的にちょっかいを、出すことなんて、まずできなかっただろう？　だから余計に、そのウワサは貴重なんだよ。ただし、本当ならばだけどね」

と、木島が、いった。

木島が、聞いたウワサというのは、何でも、昭和二十年の正月頃、宮川《みやがわ》のほとりを、男子中学生と女生徒が、並んで歩いているのを見たというウワサだった。隣近所のおばさんが、目撃したというのを、木島の母親が、聞いたというのだ。「そんな不真面目《ふまじめ》なことを、あんたはしないだろうね」と、母親は、木島に釘《くぎ》をさしたそうだ。

「後ろ姿しか、見ていないので、どこの誰だかは、分からないんだがね。男のほうは、ウチの学校の、制服を着ていたし、女の子は、S女学校の制服を着ていたというんだ」

と、木島が、いう。

「その話、本当なのか？　単なる、ウワサなんじゃないのか？」

と、阿部が、首をかしげる。

「俺だって最初は、本当だとは思えなかったよ。何しろ、今もいったように、あの頃は、そんなことをしているところを見つかったら、たちまち補導されてしまうからね。でも、同級生からも、同じようなウワサを聞いたんだよ。だから、本当の話じゃないかと思うんだ」

「その二人が着ていた制服が、ウチの学校とS女学校のものだというのは、間違いないのか？」

「ああ、間違いないらしい。男子学生のほうは、ウチの学校の生徒だ。それも、どうやら俺たちと同じ、四年生じゃないかという話なんだ」

「どうして、四年生だったということになるんだ？　五年生だっていたじゃないか？それに、五年生は俺たちよりも、一歳年上だから、そのくらいのことをやる勇気が、あったんじゃないのか？」

「それが違うんだ。このウワサがあった日なんだが、五年生は全員でF村に行っている。アメリカ軍がF海岸に上陸してきたらどうやって戦うか、その訓練に行っていたらしいんだ。だから、宮川の川べりをアベックで歩いていたウチの生徒が、いたとすれば、五年生ではなくて、俺たち四年生だということになるんだよ」

「そういうことか。しかし、あの頃、女生徒と一緒に、宮川の川べりを歩くような、そんな勇気のあるヤツが、俺たちの中にいたかな？」

阿部は、しきりに首を傾《かし》げている。

そこで、一人一人、そんなことができる勇気のある生徒かどうかを、考えてみることにした。かなり酔いが回った頃の話になったから、三人とも勝手に、誰が怪しいとか、あいつならやりそうだとか、思い思いの記憶をしゃべり始めた。

自分たちの名前も、俎上《そじょう》に上った。野々村、木島、阿部、そして、加藤の四人のうちで、誰がいちばん、怪しそうかという話である。

「これは、かなり難しい問題だぞ。何しろ、女の子と二人だけで、歩いているところを見つかったら、ヘタをすれば、退学になってしまう時代だったからな」

と、木島が、いった。

「あの頃、野々村は、俺たちの中では、いちばん真面目で、大人しいということだったが、そういうヤツほど、いざとなると、突拍子《とっぴょうし》もないことを、やるものなんだ。だから、俺なんかにいわせれば、野々村が、いちばん怪しいと思っている。その男子学生というのは、野々村、お前なんじゃないのか？」

阿部が、野々村に向かって、からかうような口調で、いった。

「おい、ちょっと待ってくれよ。僕のはずがないじゃないか。僕は気が小さいから、そんな冒険はできないよ」

慌てて、野々村が真顔で、否定した。

「ムキになるなよ。冗談だよ」

と、阿部が、いう。

加藤じゃないかという話も出た。

「その頃の全員で、写した写真を見たんだけど、加藤が、俺たちの中では、いちばん、可愛い顔をしているんだ。あの顔なら、女学生にもモテたんじゃないかと、そんな、気がしているんだ。だから、宮川のほとりを、女学生と一緒に歩いていた男子中学生というのは、加藤のヤツじゃないかとも、思ったんだが、どうだろう？　違うかな？」

「さあ、どうだろうかな。野々村は、どう思う？」

木島に、聞かれて、野々村は、

「たしかに、阿部がいうように、今、思い出してみると、加藤は、かなり、可愛い顔をしていたと思うよ。でも、同年齢の、女学生から見たら、はたしてどうなんだろうか？　可愛いかもしれないが、幼く見えたら、女学生は、恋愛の相手にしないんじゃないのかな？」

野々村が、いうと、

「なるほど。たしかに、そう、いわれてみれば、それもそうだな」

木島が、あっさり同意した。野々村は、ほっとした。

最後に、今日、おかげ横丁の集会所で、加藤の話をした野々村の言葉が、話題になった。

「それにしても、あの話は、よかったよ。俺も加藤がどうなったのか、ずっと、考えていたんだ。それが、君の話を聞いて、納得ができた。昭和二十年の七月二十九日の大空襲の後、身元不明の焼死体が、何体か発見されて、ひょっとしたら、その中に加藤の死体があるんじゃないか？　そう思って、俺たちみんなで、聞いて、回ったことがあったじゃないか？」

「それなら、絶対に伊勢市の、図書館に並べられるべき本だと、思うね。そのことも市長に、きちんと話すよ。そして、伊勢市として、君を表彰することになったら、絶対にもう一度、伊勢市に帰ってこいよ。待っているからな」

と、阿部、った。

自分は、伊勢市の図書館の館長と知り合いだから、絶対に、何冊か購入してうように提案してみるつもりだと、いった。

「正直いって嬉しい。ありがとう」

　野々村は、真面目な顔で、二人に、いった。

「今回、七十年ぶりに、生まれ故郷の伊勢に帰ってきて、昔の仲間たちから、こんなに歓迎を受けるとは、思わなかった。本当に感動しているし、正直にいえば、今、ホッとしている。本当にありがたいと思っているよ、ありがとう」

　野々村は、感謝の言葉を、何度も繰り返した。

　翌日、野々村は、孫の翔と特急「しまかぜ」に乗って、名古屋に行き、駅ビルのレストランで夕食を摂《と》った。そして、新幹線で帰京した。

　孫の翔にとっては、このたびの、伊勢旅行は、得るものがあったようだ。おかげ横丁で知り合った、女子高校生と、メールアドレスを交換したといい、いつにもまして、ご機嫌だった。

野々村は、自分たちの十五歳と、孫の十五歳とのあまりの相違に、時代の差を感じて、苦笑せざるをえなかった。伊勢神宮も、翔にとっては、尊崇の対象ではなく、物珍しい観光地の一つなのだろう。

第四章　脅　迫

1

野々村雅雄は、十五歳だった旧制中学四年の時の友人というより仲間の、阿部や木島、また、加藤明の弟、加藤正平にも、会って、東京に帰ってきたのだが、肝心の仕事を果たさずに、不満のままでもあった。

正確にいえば、仕事ではない。大げさにいえば、七十年の人生をかけての告白といったほうがいいかもしれない。それを実行しないままに、帰って来てしまったのである。

野々村は、今回七十年ぶりに伊勢に帰ったが、阿部や木島にも、旧制中学を卒業して以来、七十年ぶりに、会ったことになる。しかも、野々村は、ある覚悟を持って七十年ぶりに伊勢に帰り、十五歳の時の仲間に会ったのである。

野々村は、現在八十五歳である。当然、年を追うごとに、体が弱っていくのを感じないわけには、いかなかった。

それにもう一つ、野々村は、十五歳の時の仲間には、電話や手紙でも黙っていたのだが、現在、前立腺のガンを患っていた。伊勢へ行く直前、かかりつけの東京の医者から、

「手術をしますか、それとも、放射線治療を受けますか？　私の本音をいわせていただければ、野々村さんぐらいの高齢の方は、ガンの進行を遅らせる薬を飲んで、ご自宅で過ごすほうがいいと思っているんですよ」

と、いわれた時、野々村は、医者の勧めに、従うことを決めた。

そして、野々村は、特に、治療らしい治療もせず、病院から与えられる抗ガン剤だけを飲んで過ごしてきた。その結論に達したのは、十五歳の時に、野々村が、引き起こした事件のせいだった。実は、そのせいで、七十年間、一度も伊勢に帰っていないのである。

今回、七十年ぶりに、伊勢に帰り、当時の仲間だった阿部や木島に会ったら、その時に全てを話してから、野々村は、はるかに伊勢神宮を望むあの高台に行き、そこで、薬を飲んで死にたいと思っていたのである。

だから、前立腺のガンを告知されてからも、手術も放射線治療も一切、拒否し続けてきたのである。

七十年ぶりに、伊勢に帰り、阿部や木島たちに会って、全てを告白して人生を終えた

いと、考えていた。その通りになれたら、前立腺ガンの手術をする必要も、放射線治療をする必要もないのだと、思い続けてきた。

しかし、阿部や木島に、野々村は、彼が書いた『日本古代史の研究』で総理大臣賞を、受賞したことで、おめでとうといわれ、祝杯を重ねることになってしまった。彼等が、あまりにも、嬉しそうにしてくれるので、野々村は、つい、告白のチャンスを失ってしまったのだ。

それだけなら、何とか、七十年前の秘密を思い切って、告白することができたかもしれない。

特に、話題が、Ｂ29による伊勢市の大空襲になった時、間違いなく、告白のチャンスがあった。なぜなら、加藤明が亡くなったのが、あの大空襲の日だったからである。

さらに、加藤明の弟の加藤正平も顔を出した。野々村は、正平にも、もちろん、あのことを聞いてもらいたかったから、彼の顔を見たとき、今こそ、全てを告白するときだと思ったのである。

しかし、逆に、正平の顔を見ていると、告白しにくくなってしまった。同窓の阿部や木島なら、冷静に話す自信があったのだが、加藤と顔立ちが、よく似ている弟となると、どう喋《しゃべ》ったらいいかの迷いが生まれてしまったのである。

あの空襲のあと、加藤明が行方不明になっていた。

もともと、加藤は、同じ中学四年生でも、小柄で、どこか女性的な顔立ちだったせいで空襲が怖くて、伊勢から逃げ出したのだという噂《うわさ》が広がっていった。

彼の家は、親戚に伊勢神宮の神官がいたから、伊勢から逃げた、神宮から逃げたというのは、大変に不名誉なことになる。そこで、加藤の名誉を守るために、適当な話を作って、集会所で喋った。それは、正直にいえば、自分を守るための嘘《うそ》だったのだ。

「加藤君と一緒に、燃える伊勢の街を見ていました。私は、加藤君に向かって、何気なく『神宮が心配だな』といったのですが、加藤君は、急に『僕も心配だから、神宮に行って様子を見てくる』と、いって、いきなり、燃えている町に向かって駆け出そうとしたんです。私は、あわてて、止めたんですが、彼は『とにかく、神宮が安全か見てくる。そうしないと、落ち着かないんだ』といって、走って行き、煙の中に姿を消してしまったんです。もし、彼が死んでいたら、私のせいです」

などと、野々村は話した。何度でもいうが、これは加藤の名誉を守るためではなく、本当は、自分を守るためだった。

真実を告白するつもりで、七十年ぶりに、伊勢に帰った野々村は、また、七十年前の真実を話すことができず嘘を、講演で話すことになってしまったのである。加藤の弟、正平は、野々村の嘘の講演に感動した。

こうなると、もう、真実を告白するチャンスは、どんどん遠ざかってしまった。

七十年前の十五歳に戻ってと思っていたのに、いつの間にか、『日本古代史の研究』で総理大臣賞をもらい、七十年ぶりに故郷に錦をかざった有名人になってしまっていたのである。

正平も、野々村が、七十年前の事件について真相を打ち明けようとする前に、兄の加藤明が行方不明になってしまったのは、B29による大空襲の時だったと、兄のことを話し、それだけではなくて、野々村が、兄の名誉を守ってくれた思い出話と解釈したようで、またも、野々村は、全てを話すチャンスを失ってしまったのだ。

野々村は、友人たちに、彼らが知らない真相について、話そうと思って覚悟して伊勢に帰って来たというのに、歓迎攻めにあって、野々村が七十年間、胸にずっと秘めてきた真相を話すチャンスは、完全に失われてしまったのである。

その後は、学徒動員に行くようになったおかげで、憧れの、S女学校の女生徒たちに会えることになったという昔話を、楽しんでしまい、続けて、野々村が書いた『日本古代史の研究』を伊勢市の図書館に置いて、一人でも多くの人に読ませたいという話になり、結局、七十年前の真相を話せないままに、野々村雅雄は、東京に帰ってくることになってしまったのである。

東京に帰ってからも、野々村は、阿部と木島、そして、加藤明の弟、加藤正平に向かって、野々村だけが知っている真相を手紙にして送ろうと思ったが、一度、壊れてしまった覚悟は、なかなか、元に戻らなくて、その手紙も書けないままに、ずるずると何日も、時間が、経ってしまった。

それでも、彼の前立腺のガンが、進行して、死が、身近になっていたら、再び、伊勢を訪れ、友人たちに会って真相を告げ、自ら、命を絶つ気持ちにもなれたかもしれない。

しかし、どういうわけか、野々村が伊勢から帰ったあとも、前立腺のガンは進行せず、今や痛みも、ほとんど出なくなっている。

また、阿部や木島に、野々村が、自分の書いた『日本古代史の研究』を送ったところ、

「自分たちが生きている間に、何とかして、この本の続きを、書いてほしい」

と、要請されてしまった。そうなると、『日本古代史の研究』の続きを、書くことのほうが、真相を話して自殺することよりも、たやすく思われ、どうしても、そちらのほうに、気持ちが向いてしまうのである。

（とにかく『日本古代史の研究』の続きを書くことにしよう。それが終わってから、改めて、阿部や木島や加藤の弟に真相を話したらいいだろう）

と、野々村は、勝手に、そう思い、とりあえず、安易な方向を、選んでしまっていた。

野々村は、机の上に、原稿用紙を広げると、まず、

「続・日本古代史の研究　野々村雅雄」

と、書き、頭の中では、

（この原稿を書き上げることができたら、その時は、再び伊勢市を訪ねて、友人たちに真相を話し、伊勢神宮の見えるあの場所で死ぬことにする。だから、それまで、加藤明にも待ってもらおう）

と、勝手に考えてしまっていた。

その後は、もう、告白は、棚上げにして、野々村は国会図書館に通っては、日本の古代史についての資料を閲覧したり、日本の古代史をいかに考えるかといったことについて、頭の中で、自分自身と問答を始めていた。

野々村は、古代史の研究が、好きだったし、特に、日本古代史について関心を持っていたから、原稿に全力を尽くしていると、ありがたいことに、七十年前の事件のことを忘れてしまい、原稿を書くことに気持ちを集中することができた。

野々村が『日本古代史の研究』の続編を書き始めてから、八日目のことである。

パソコンは、嫌いなので、午前中から原稿用紙に向かって、ペンを走らせていた。さすがに二時間、三時間と経ってくると、頭の働きが鈍くなってきて、次に何を書こうかと考えても、なかなか新しい考えが浮かんで来ない。

（少し休憩するか）

と、野々村は、気分直しに立ち上がると、二階から降りて、玄関のレターボックスに入っていた、手紙や今朝の新聞などを取り出し、それを持って、二階の書斎に、戻った。

野々村は、机の前に座っても、すぐには、原稿に向かい合わず、まずは自分でコーヒーを淹《い》れ、ゆっくり飲みながら、新聞に目を通した。

さして、野々村の好奇心をそそるような見出しも記事もない。

続けて、野々村は送られてきたハガキ、手紙の類に、目を通す。

まず、最初に読んだのは『日本古代史の研究』を出した出版社の、編集者からの手紙である。

「『日本古代史の研究』は、非常に好評です。続きを読みたいという読者も多いので、早く続編を書いて、いただきたい。書き上がった時には、もちろん、私の所で出版させていただきますので、よろしくお願い申し上げます」

と、書いてあった。

ほかには、黒枠のハガキもある。野々村が、大学の教授になった頃からの友人の一人が、病死したことを知らせるハガキである。

一昨日も、友人の一人が亡くなったことを知らせるハガキが来た。野々村もそんな歳になったのである。

最後に、パソコンで打ったと分かる、手紙を手に取った。

封筒の表には、こちらの住所や、野々村の名前を打ったシールが、貼ってある。中身の便箋《びんせん》に書かれた文字も、もちろん、パソコンで、打たれたものである。

野々村は、さして、心の準備もせずに、そこに打たれた文章を目で、追っていたが、その途中から、彼の表情が、次第に険しくなっていった。


「野々村先生。

先日、先生は七十年ぶりに伊勢市にお帰りになり、十五歳だった時の友人たちに、お会いになりましたね？　久しぶりの伊勢市はいかがでしたか？　旧友とお会いになって、昔話に、花が咲きましたか？

しかし、どうして、その時、お友だちに、本当のことを、告白されなかったのですか？

伊勢から帰京されて『日本古代史の研究』の続編を、お書きになられているところを見ると、先生は、七十年前の真実については、何も、お話しにならなかったようですね。それは、なぜですか？

私が想像するところ、野々村先生は、

（真相は、誰も知らないだろう。だから、平気で、九十歳まで生きていける）

そんなふうに、お考えになって、安心していらっしゃるのでは、ありませんか？　違いますか？

しかし、この私のように、真相を知っている人間だって、いるのですよ。どうか、そのことを、よく覚えておいてください。

当時旧制中学の四年生だった野々村先生たちは、政府から学校での勉強を禁止され、軍需工場での勤労動員や、本土決戦に備えての準備をするようにと命じられていたはずです。先生はほかの生徒三人を、加えての四人で一つの班を作り、伊勢神宮を爆撃しようとするＢ29を監視する役目を与えられていましたね。

その頃、野々村先生は、加藤明さんという友人を、死に、追いやってしまったのでは、ありませんか？

その理由も、私は、ちゃんと、知っているんですよ。

野々村先生は、八十五歳になられました。平均寿命以上に、生きてこられたのですよ。野々村先生、この辺でそろそろ、十五歳の時の真相を、友人の加藤明さんを、死に追いやってしまった真相を、当時の友人たちに、告白され、その責任を取って、自死されてはいかがですか？

何十年も前のことであろうが、子供の頃の話であろうが、人間として、一人の男を、死に追いやった責任は、きちんと、取らなければいけないと思うのですよ。

もちろん、私が、申し上げなくても、そのくらいのことは、野々村先生もよく分かっていらっしゃると思います。ですから、今から五日間のうちに、身を処していただきたいと思います。実は、先生が死ぬことに賭けているのです。五日以内に先生が死ぬことを、心から切望しておりますよ。

もし、六日目になっても、野々村先生が生きていらっしゃったら、私は、これと同じような手紙を、木島さんや阿部さんなど昔のあなたの友人たちに、送り届けなければならなくなります。もちろん、亡くなった加藤明さんのご家族にもです。その辺をよく、お考えになってください。五日間ですよ。

先生の死を見届けたいと考えているファンより」


野々村は憮然《ぶぜん》として、その手紙を机の上に置いて、じっと、見つめた。

今から七十年前、野々村は十五歳で、同じ中学校の仲間三人と一緒になって、四人一組で、B29から伊勢神宮を守ることを、命ぜられていた。

その一人、加藤明が、伊勢を襲ったあの大空襲の時に、亡くなった。これは、間違いのない事実である。

伊勢で会った時、加藤明の弟、正平は、兄が本当に死んだのか、それとも、行方不明のまま何処《どこ》かで生きているのか、その真相をいまだに追い求めていると、いっていた。
たしかに、あの時、加藤明は死んだ。しかし、彼を死に追いやったのは、野々村なのだ。

伊勢大空襲の日に、野々村と加藤は、監視小屋にいて、夜空を見つめていた。だが、市街地に焼夷弾が落とされ、炎に包まれると、突然、加藤はS女学校の女生徒の身が心配だといい出し、危険だから行ってはダメだという野々村の忠告を無視して、市街地に向かって走り出して行った。やむをえず、野々村も彼の後を追った。燃えさかる一軒の民家に、加藤は、女の子の名前を呼びながら、飛び込もうとしていた。その姿を見て、野々村の心は、急に妬みと憎しみで一杯になった。火災の中から、加藤を救うこともできたかもしれないが、野々村は彼を、見放した。これが、野々村が、今まで誰にもいわなかった真相なのだ。

野々村は、自分が死ぬ時に全てを話し、或《あ》いは手紙に書いて、それを、阿部や木島に送った後、自ら命を絶つつもりでいた。もちろん、その覚悟は、今も、変わってはいないし、そうするつもりである。

しかし、この手紙の主は、当時の友人たちさえ知らないことを、どうして、知っているのだろうか？

野々村には、そのことが、不思議でならなかった。

今回、野々村は、全てを話すつもりで七十年ぶりに、伊勢市に帰り、当時の友人たち、たとえば、木島や阿部、さらには亡くなった加藤明の弟にも、会った。

しかし、つい告白するチャンスを失い、帰京してきてしまったのだ。

卒業した中学校の後輩たちに頼まれて、講演会で野々村は、七十年前の話をした。心ない自分の言葉が、加藤明を、死に追いやったという嘘の「真相」である。

しかし、野々村が、死ぬ時に話そうと思っている真相は、全く、違うものである。加藤を殺したのは自分なのだ。

今も、野々村は、そう、思っているのだ。

しかし、たとえ、真相を話して死ぬつもりでいても、見ず知らずの第三者から、いきなり、こんな手紙が送られてきて、半ば脅迫的な言葉を投げつけられると、さすがに、慌てるし、腹が立ってくる。

七十年前のあの頃、野々村たちが通っていた旧制中学校は、戦争が、激しくなるにつれて、政府の指示で、授業を止めてしまっていた。旧制中学の上級生は、軍需工場で働いたり、国のために役に立つ仕事をすることを、命じられていた。

たまたま、神宮近くにある中学の四年生は、伊勢神宮の周りに、各自で監視小屋を作り、B29による爆撃を監視することになっていたのである。四人一組での、任務である。

しかし、野々村の場合は、加藤明と二人だけでいることが多く、ほかの二人、阿部と木島とは、別行動を、取ることもあった。

手紙の主は、そのことも、知っているというのだろうか？

2

野々村は、努めて冷静に、昭和二十年の、伊勢のこと、あるいは、友人たちとのことを思い浮かべるようにした。

当時、野々村たちは、全員が、十五歳。旧制中学の、四年生だった。

その頃、四人一組で一つの班を作り、伊勢神宮の爆撃にやって来るＢ29の、監視に当たっていた。

野々村たちの班は、野々村、木島、阿部、そして、加藤明の四人で、野々村が一応班長ということになっていた。

野々村は、班長の権限を、利用して、阿部と木島を組ませ、自分は、加藤明とコンビを作って、一緒に行動するように、スケジュールを組んでいった。加藤明は、班長である野々村の、お気に入りだったからである。

伊勢神宮のある伊勢市は、昭和二十年になると、Ｂ29の空襲を受けるようになった。

野々村の通っていた旧制中学校の生徒の中にも、何人か、空襲による犠牲者が出た。

伊勢市が、B29の大空襲を受けた日のことは、野々村ももちろん、今でも、よく覚えている。

アメリカ軍の爆撃は、夜に始まって、翌朝まで、続いた。その時に、加藤明は亡くなったのだが、それを、自分の眼で見ていたのは、野々村一人のはずなのだ。

また、あの時、四人が一緒だったというのも、真実ではない。あの夜、加藤明は、野々村とは、一緒にいたが、ほかの二人、阿部と木島とは、別行動を、取っていたのである。

あの夜は、B29による爆撃で、焼夷弾が雨のように、降ってきた。それまで、B29の爆撃があった時は、全員で協力して消火に努めるようにと、担任の教師から、いわれていたし、そのための消火訓練も、毎日のようにやっていた。

しかし、実際に、百機に近いB29の大編隊がやって来て、焼夷弾の雨を降らすと、少年たちがそれを消し止めるようなことは、全く不可能だった。野々村たちが、毎日のようにやっていた消火訓練など、何の役にも、立たないのである。

B29の大編隊がばら撒《ま》くように落としていったのは、いわゆる油脂焼夷弾といわれるものだった。焼夷弾と一緒に、ベタベタするような油が、ばら撒かれるのである。

その油が、野々村たちの、服に付着すれば、たちまち発火して、火だるまになってしまう。いつもの防空訓練のように、逃げ出さず、バケツリレーで消火に努めていたら、おそらく、全員が焼け死んでしまっただろう。

だから、あの大空襲の夜は、ただひたすら、逃げるよりほかに生き延びる方法はなかったのである。それは、大人も子供も同じだった。

そこで、野々村は、一緒にいた加藤明に向かって、

「逃げよう。ここにいたら、間違いなく死んでしまうぞ」

と、大声で、誘った。だが、加藤の取った行動は、野々村にとって、予想外のものだった。加藤は、恋心を抱く女生徒を助けに行くと、いいだしたのだ。

あの夜の大空襲で、市内の民家の多くが焼失してしまい、家を失った人々は、親戚や友人、知人の家などに、転がり込むか、あるいは、焼け跡に、バラックを建てて住むしかなかった。

あの夜、死者や負傷者が、何人も出たから、もし、その中に加藤明がいたとしても、特別に騒ぐ人間は、いなかった。何しろ、あの頃、死は生と、背中合わせで、誰にとっても日常的なものだったからである。

それでもなお、行方不明の加藤明を探し回った野々村、木島、阿部以外の旧制中学校の生徒はB29の爆撃から伊勢神宮を守るという大義から逃れられずにいた。

あの夜、野々村は、炎上する民家に、飛び込んだ加藤明を、救い出すこともなく、一人で、必死になって、逃げた。炎に包まれた伊勢の街から、少しでも、離れようとして。

どこを、どう走って、逃げたのか、全く覚えていない。

野々村が、気づいた時、小高い丘の上の、祠《ほこら》のそばにいた。走り続けて疲れ切った野々村は、地面に、座り込んでしまった。

野々村は、友に裏切られたという悔しさと、助けなかったという自責の念にさいなまれて、ただ、黙って座っていた。

遠くに、伊勢の市街が燃える火が、真っ赤な紅蓮となって、雲に反射していたことは覚えている。

その時、遠くから、野々村と加藤を心配して、探していた木島の呼び声が、聞こえてきた。野々村を見つけた木島は彼に向かって、

「早く町に戻ったほうが、いいんじゃないのか？　こんなところまで、逃げてきたことが分かったら、与えられた任務を放棄したと、間違いなく、あの校長に、怒られるぞ」

と、いい始めた。

「いや、町に戻ることはない。俺たちは、ここに、いればいいんだ。俺たちは、まだ子供なんだ。あんな火の中に、帰っていったら、間違いなく焼け死んでしまうぞ。だから、ここにいたほうがいいんだ、俺は、まだ死にたくない」

と、野々村は、そんな言葉を、何度もいいながら、木島の手を、しっかりと握りしめていた。

二人とも体を震わせていたが、寒いわけでもないのに、どうして、震えていたのかは分からなかった。ただ、そうしていると、なぜか、野々村は、怖さを忘れることができた。

その後、二人は、疲れ切って、古びた祠の中で眠ってしまった。

二人が、次に目を覚ました時は、すでに夜が明けていて、辺りは、明るくなっていた。あれだけ、上空を飛び回っていたB29の姿も、消えていた。

二人は疲れ切った体で、町のほうに向かって、トボトボと、歩いていった。

野々村は、正直にいって、このまま学校に帰ったら、あの校長に、殺されてしまうのではないかと思った。

「一緒に逃げよう。規則では、四人で集団行動をすることになっているから、加藤や阿部が一緒じゃないと、学校に行っても、あの校長に、殺されてしまうぞ」

と、野々村は木島にいった。

その後のことは、もちろん、今でもよく覚えている。

大空襲の日のことは、野々村にとって、できれば思い出したくないことであるし、かといって、忘れることもできない、悪夢のような記憶だった。

3

野々村は、急に、キッチンに立って、総理大臣賞のお祝いだといって、友人が、持ってきたワインを飲み始めた。

どちらかといえば、酒には弱いはずの野々村なのに、この時は、いくら飲んでも、一向に酔わなかった。

机の上に、放り投げておいた手紙に、チラリと目を向ける。明らかに、手紙の主は、野々村を、脅しているのである。

(脅されてたまるか)

という気持ちになってくる。

そして、ワインを飲み、また手紙に、目をやる。

(この手紙を送ってきたヤツは、本当のことなんか何も知らないんだ。何も知らずに、いい加減なことをいって、俺を、脅しているだけなんだ。だから、心配することなんて何もないはずだ)

と、野々村は、決めつけた。

手紙の主は、あの大空襲の夜に、加藤明が亡くなり、その加藤明を、死なせたのは、野々村、お前の責任だというような、書き方をしている。

しかし、どうやって、野々村が、加藤明を死なせたのか、加藤明が、死んだ時の様子など、肝心なことは、ほとんど書いていないのである。

手紙の主が、その時のことを、目撃していたら、その様子を、詳しく書いて、野々村を、脅すはずである。脅迫をする気なら、そのほうが、より効果があるからである。

しかし、あの文面を、見る限り、それがない。

(こいつは、本当のことを、何も知らないくせに、当てずっぽうに書いて、それだけで、俺を脅そうとしている。死ぬ間際には、全てを告白するつもりだが、どこの誰とも、分からない人間に、脅されてたまるか)

野々村は、ますます、そんな、気持ちになってきた。

先日、伊勢市で、野々村は、阿部や木島に会った。加藤明の弟、加藤正平にも会っている。

その時、加藤正平は、兄の加藤明は、燃えさかる火の中に、突然、走り込んでいって死んでしまったという、野々村の話に納得した。しかし、これは、野々村が考えた偽りの「真相」なのだ。

それに対して、阿部も木島も、何もいわずに、黙っていた。

あの夜の大空襲では、加藤明は、阿部や木島と、一緒にいたのではなくて、野々村と二人だけで、必死になって、燃えさかる民家に飛び込んで、好きな女生徒を救い出そうとしていたのだ。その姿を間近に見ていたのは、野々村一人だった。

だから、阿部と木島のそばに、加藤明や野々村が、いたはずはないのである。

それでも、二人が、何もいわなかったのは、あの夜の大空襲で、炎に包まれたことは覚えていても、四人が一緒だったか、別だったかといった細かいことは、何一つ覚えていないのだろう。

だから、本当は、野々村が、炎の中に飛び込む加藤明を、助けようとしなかったことや、野々村が一人で逃げだしたことを、あの二人は見ていないのだ。

今は、阿部や木島、そして、加藤明の弟は、あの夜の空襲で加藤明は死んだと、思っているのだろう。

しかし、どんなふうに死んだかは、全く、知らないのだ。

(その点は、この手紙の主だって同じようなものだ)

と、野々村は、思った。

どうやら、野々村に、手紙を送ってきた人間は、あの夜の空襲で、加藤明が、死んだとは、思っているらしい。

だから、当てずっぽうに、野々村が、加藤明を殺したように、書いたのだ。それも、からかい気味に、野々村先生などと、書いている。

しかし、加藤明の死に関する、詳しいことは何も書いていない。

（とすると、この手紙の主も、真相は知らないのだ）

と、野々村は、それを結論とした。

4

あの空襲の時、野々村は、伊勢の町の外まで逃げていた。

しかし、正直に中学校に帰った生徒たちは、担任の教師と、あの校長から、

「どこまで逃げたのか、それを、正直に申告せよ」

と、命じられた。そして、伊勢の町から、というより、伊勢神宮から遠くまで逃げたと正直に申告した生徒たちは、校長や担任から竹刀で、いやというほど殴られたと、野々村は、あとになって、聞かされた。木島とはぐれて、森をさまよった阿部も、中学校に行ったときに、殴られたという。

あの校長にしてみれば、自分の教え子たちに、B29の空襲があった時は、自らの命を犠牲にしてでも、伊勢神宮を守るのだと、命令しておいたのに、いざ空襲になったら、多くの生徒たちが、一目散に逃げ走り、伊勢の町の外に出ていった者も、多かったという。そのことが、あの校長には、絶対に、許せなかったのだろう。

遠くまで逃げた生徒たち、特に、伊勢の町の外に、逃げた生徒がいた班は、連帯責任ということで、四人ずつ立たされ、全員、校長から、竹刀で思い切り殴られた。

校長の暴力に対して、文句をいう父兄は、一人も、いなかった。

野々村と木島は、空襲から、二日目の朝になって、伊勢神宮から遠く離れた山中で、二人でいるところを、発見された。彼等を見つけ出した教師たちは、

「お前たちと一緒に、加藤明が、いたはずだ。加藤は今、どこにいるんだ？」

と、野々村にきいた。

その時、野々村は、

「加藤のことは、知りません。逃げている途中で、はぐれてしまったので、仕方なく、一人で森にいた時、偶然、木島に巡り会って、一緒に逃げ惑い、どうにか、ここまで逃げてきました」

とだけ、答えている。

翌日、野々村は、問題の手紙を、金庫にしまった。

加藤明の死に、野々村が関係していると、当てずっぽうに、書いてきた手紙、というより脅迫状だが、手紙の送り主は、本当のことは、何も知らないと、野々村は判断したのだ。

『続・日本古代史の研究』のほうは、なかなか、筆が進まなかった。

野々村には、やはり、あの手紙のことが、気になっていたのだ。だから、時々、思い出してしまい、原稿が、書けなくなってくる。

そこで、野々村は、いろいろ考えた末、原稿用紙と、万年筆を持って、「ゆったりのんびり東南アジア一カ月の旅」という謳《うた》い文句《もんく》の客船に乗って、日本を脱出することを決め、一人、横浜港を、出発した。

このことは、阿部にも木島にも、また、加藤明の弟、加藤正平にも、内密にしておいた。

伊勢神宮のあの空襲と、というよりも、空襲で死んだ加藤明となんらかのつながりのあるものは、一時的に、全て頭から消し去って、『続・日本古代史の研究』の原稿の執筆に、没頭したかったからである。

（うまくすれば、あと一カ月くらいで、『続・日本古代史の研究』の原稿を、書き上げることができるだろう）

と、野々村は、思った。

野々村が選んだ、クルージングは、横浜港を出港した後、神戸、鹿児島に寄り、そこからは、日本を離れて、香港、シンガポール、ベトナム、タイなどに寄港しての、一カ月間の、豪華客船の旅だった。

家族以外は誰にも知らせずに乗った、全くの一人旅である。それでも、どこかで、例のあの手紙が、追いかけてくるような気がして、野々村は、携帯電話を、持ち込むことも止めてしまっていた。

とにかく、野々村は、一人に、なりたかったのである。

野々村を乗せた客船は、香港、シンガポールなどに次々と、寄港するのだが、野々村は、それぞれの港に着いても、下船せず、船室で、原稿を書いて過ごした。

とにかく、一カ月間、外の世界とは、縁を断ち切って、執筆に、専心したかったのである。

彼を乗せた客船が、シンガポールに立ち寄った、直後のことだった。

夕食を済ませてから、野々村は、自分の客室に帰ったが、ドアを開けようとすると、取っ手に紙袋が、ぶら下げられていることに、気がついた。

調べてみると、一通の封筒が入っていて、中には、二つに折られた、便箋が入っていた。封筒の表のところには、パソコンで打ったと思われる字で、

「野々村先生」

と、あり、封筒の裏を見ると、差出人の名前は、ない。便箋を読むと、

「外国に逃げようとしているのですか？　どこに先生が逃げても、私は追いかけていきますよ。先生が罪を償う為に、自死するのを、見届けるつもりです。船から身を投げれば、遺体も発見されず、事故で行方不明ということになり、騒がれることもありません。一刻も早く、決行してください。

野々村先生の、ファンの一人より」

と、あった。

途端に、野々村の顔色が、変わった。

（手紙の主は、この船に、乗っているのか？）

と、野々村は、思った。

豪華客船による一カ月のクルーズは、野々村にとって、初めての経験である。つとめて、自分で、申込みもやったが、それでも、分からないことについては、経験者の友人に頼んでいる。

相手は、ひと回り以上若い大学教授である。奥さんにねだられて、一カ月の東南アジアクルーズに行ったが、意外に楽しかったといっていたので、申込み方法など、その教授に教えてもらったのである。

野々村のことを、ベラベラ他人に喋るような性格ではない。だから、信用して、クルーズの話を聞いたのである。

（あの男が、喋ったとは思えない）

と、野々村は、思った。

だが、手紙の主が、野々村の東南アジアの一カ月クルーズを、知っていたことは、間違いないのである。

一番、気味が悪いのは、相手がどんな人間か、全く分からないことだった。

相手の顔が分からないと、すぐ、近くにいても、気がつかない。そうだとすると、銀座の××郵船に、今度のクルーズの申込みに行った時に、尾行されていたのだろう。

とにかく、脅迫者の手紙が、彼のもとに届いたということは、相手も、同じ船に乗っているということとしか考えられない。

一方で、真実を話して、自死の覚悟をしているはずなのに、脅迫の手紙を受け取ったりすると、怖くなってくる。

一方的に、脅迫されているのも、芸のない話だと思い、食事の時、食堂に集まった船客たちの顔を、わざと、じろじろ見回してやったのだが、どの船客が怪しいのか、見当がつかないのである。

それに、これ以上、犯人探しをやっていたのでは、神経が参ってしまう。せっかく、原稿用紙を持って、クルーズに参加したのに、『続・日本古代史の研究』の原稿も、進まなくなってしまった。

航海は予定の半分を終えたところで、まだ、ベトナム、タイなどが残っていたが、野々村は、船長にだけ、家に不幸があったと知らせがあったので、シンガポールで下船したいと告げて、逃げ出すことに決めた。

シンガポール出港が、間近になるまで、船内で、わざと、図書室に通ったりしておいて、出港直前に、下船した。

野々村以外、シンガポールで下船した船客は、いなかった。

(ざまあ、みろ!)

と、いい年齢《とし》をして、快哉《かいさい》を叫び、シンガポールで、一泊してから、空路、東京に戻った。

帰宅早々、伊勢の阿部から、電話が、入った。

「実は、木島の奴が、糖尿で、入院した」

と、いう。

「具合は、どうなんだ?」

と、きくと、

「あいつは、酒呑《さけの》みだからな。その上、医者の注意を、聞かないほうだから、かなり悪いらしい」

　と、阿部がいう。

「先日、会った時は、元気一杯だったじゃないか」

「七十年ぶりに、君に会うというんで、無理に元気のふりをしていたんだ。実は、あの日も、医者に、入院をすすめられていたらしい」

「困ったな。そんな無理をしていたのか」

「なんでも、七十年ぶりに会う君に、尋ねたいことがあるといっていたんだ」

「しかし、木島から、そんな秘密の話は、聞かなかったが」

「それがさ。君に会って嬉しくなって、忘れてしまったと、いっていた。それが、入院してしまったんで、生きているうちに、もう一度君に会って、何としてでも、七十年間、疑問だったことを、君に話してから、死にたいと、いっているんだ」

「それが、どんなことなのか、君は知っているのか？」

「いや。だが、例の大空襲の時の話らしい」

　と、阿部は、いう。

「伊勢の大空襲の時の話？」

「そうだ。もし、時間ができたら、何とか、こっちへ来て、木島を見舞って、やってくれないか。今の話、木島がしきりに、君と話したいと、いっているから」

と、阿部が、いった。

野々村は、ふと、自分が、少しずつ、追いつめられていくような気がしていた。

第五章　殺人事件

1

警視庁の十津川《とつがわ》警部が、この事件に関係したのは、偶然のことからだった。

十津川の妻の直子《なおこ》が、友人の女性から一冊の同人雑誌を、借りてきたことから始まっていた。

この同人雑誌の名前は「かくれんぼ」という。何となく、少女趣味の匂いのする雑誌である。

しかし、この同人誌は、戦後まもなく創刊され、何人かのプロの小説家も、無名時代に寄稿していたという、斯界《しかい》では、有名な存在とのことだった。

今では、全国に同人がいて、商業雑誌には、及ばないものの、かなりの発行部数を、誇っているらしい。

「この中に、長谷川秀夫《はせがわひでお》さんという、今年八十五歳の人が書いた『少年』という小説があるんだけど、できたら、あなたに、それを読んでもらって、感想を聞きたいの」

「どうして、私の感想が知りたいんだ？」

「男の人が、少年時代に、はたして、こんな感覚を持っているものなのかどうか、それが知りたくて」

と、直子が、いう。

なるほど目次を見ると、長谷川秀夫「少年」と、ある。

「この長谷川っていう人、今年八十五歳だって？」

と、十津川が、直子に、きく。

「ええ、題名通りに、自分の少年時代のことを書いているの」

「八十五歳というと、間違いなく戦争の体験者だね？」

「昭和二十年に、戦争が終わった時、満十五歳だったそうよ」

「この『少年』というのは、どんな小説なんだ？」

「今それを、いってしまうと、あなたのことだから、最初から、構えて読んでしまうんじゃないかと思うの。だから、予備知識を持たずに読んでほしいのよ。今もいったように、男の子の十五歳には、その小説に書いてあるような気持ちが、本当にあるのかどうかに、興味があって、それを、知りたいから」

とだけ、直子は、繰り返した。

「分かった。とにかく読んでみて、感想をいうことにする」

しかし、仕事にかまけて、十津川は、なかなか目を、通すことができず、やっと雑誌のページをめくったのは、一週間後の、非番の時だった。

「昭和二十年八月十五日の終戦の時、私は、満十五歳の少年だった。伊勢市（当時は宇治山田市）に生まれ、伊勢神宮のすぐ近くにあるSという小さな中学校に通っていた私は、四年生の時に、終戦を迎えたのである」


という書き出しで、その小説は、始まっていた。


――昭和二十年、この年になると、全国の中学校から授業が消え、生徒たちは近くの軍需工場に動員されて、そこで働くことが、義務づけられた。

伊勢神宮近くの中学校の生徒だった私は、軍需工場には行かず、代わりに伊勢神宮の清掃をしたり、参拝者の案内をしたり、空襲が激しくなってからは、B29の見張りも仕事の一つになった。

私たちは、四人ずつ一組になり、伊勢神宮の周辺の高台に設けた見張り小屋で、もし、

B29の空襲で、伊勢神宮の周辺に焼夷弾が落ちたら、一人は消防に走り、他の三人は消火に向かえと指示されていた。

当時、アメリカ軍の志摩半島への上陸や、パラシュート部隊が降下して三種の神器を奪われることが、真剣に危惧《きぐ》されていた。

伊勢周辺の防衛は、第一五三師団と、海軍の第四特攻戦隊が、担当していた。その特攻戦隊は、鳥羽周辺に当時の特攻兵器、震洋《しんよう》（体当たりボート）や回天《かいてん》（人間魚雷）などを洞窟に隠して、本土決戦に備えていたという。

陸軍も海軍も、志摩半島の海岸線の防衛に当たっていて、肝心の伊勢神宮のほうには手が回らず、もっぱら私たち中学生が警護に、当たることになっていた。

もちろん、私たち中学生を、本気で頼りにしていたかどうかは、分からないが、私たちは、勝手に、伊勢神宮を守っているといって、胸を張ったものである。

私たちは、四人一組で、空襲に備えたり、伊勢神宮周辺の清掃に、当たっていたが、私と同じグループだったのは、同じ中学四年生の工藤守《くどうまもる》、木崎栄治《きざきえいじ》、岡田慶介《おかだけいすけ》の、面々だった。

当時の写真を見ると、私たち四人は、全員が、坊主頭のせいか、やたらに、幼く、小さな子供のように見える。

それでも、私たちは一人前に、自分たちこそが、伊勢神宮を、アメリカ軍から守っているのだという、気持ちになっていた。四人とも笑っていない。変に怖い顔をしている。たぶん、担任の教師か配属将校が傍にいたのだ。自分では、まなじりを決しているつもりなのだ。

昭和二十年に入ると、戦局は明らかに日々不利になっていき、日本の本土も、B29やアメリカ空母の艦載機の爆撃や攻撃に、連日のようにさらされるようになっていった。

食糧の配給も少しずつ少なくなっていって、私たち育ちざかりの少年たちは、いつも、腹を空かせていた。

それでも、私たちは、十五歳の男の子らしい体つきになって、青春を迎えていた。夢《む》精《せい》をするようにもなったし、歩いていて、急に歩きにくくなったりすると、慌てて、ポケットに手を突っ込んで、それを抑えながら、歩かなくてはならないことも、あった。

これは、十五歳の男の子の体つきになったということなのだが、それ以上に、私を、悩ませたのは、肉体よりも、精神のほうだった。

私のいた中学校は、男子校で、百メートルほど離れた場所に、M女学院という、女子校があった。

しかし、戦争の最中に不謹慎という言葉で、全てが、禁止されていた。M女学院の女生徒たちに声をかけることも、女学院の前で立ち止まることもである。自然に、私たちは、M女学院の女生徒のことを、無理矢理自分の意識から、弾《はじ》き飛ばして、それが、いつの間にか、普通のことになっていった。

私たちは、寄宿生活を送っていたわけでもないのに、まるで、男子生徒だけの寄宿生活を送っているような精神状況になっていた。

実際には、百メートルほど離れた場所に、M女学院があって、そこには、たくさんの女生徒がいたのだが、私たちは、それを、無理矢理気持ちの上で、消してしまっていたのだ。

もちろん、こんな風に順序立てて、意識が動いたわけではない。後からの理由づけである。正直にいえば、その頃から、私は、一人の少年を意識するようになった。それが、苦しかったのは、嫉妬で始まったことだった。

三人の仲間の一人、工藤守が、私の中で、突然特別な存在になった。

当時の私の気持ちは、自分でも、はっきりと説明できないのだ。

それにも、かかわらず、私は三人の同級生の中の工藤守に、惹《ひ》きつけられていった。

それは最初、嫉妬という暗い感情から入っていったために、自らを苦しくしてしまった。

昼休みに、担任の教師が、バリカンを持ってきて、

「少し伸び過ぎている」

と、いって、私たちの頭を刈り始めた。その時、担任の教師が、工藤に対してだけ、優しそうな素振りを、見せていると私は思った。私は、ペリカンという綽名《あだな》の教師を憎

んだ。

少しずつ、私は感情がおかしくなった。工藤と親しくする上級生、工藤とふざける同級生、工藤を諭《さと》す担任、誰もが、簡単に工藤と親しくして、それができない私を馬鹿にしているように見えたのだ。

2

私は、自分の感情を、他の三人、特に工藤本人には、知られまいとつとめた。知られるのが恥ずかしかったからだ。特に、工藤本人には、知られたくなかった。そのくせ、私の気持ちを分かろうとしない工藤にも腹を立てていた。

私は、今でも、十代半ばの少年は、同じ年齢の少女より美しいと信じているのだが、あの頃の工藤は、間違いなく、それだった。当時は、戦争中のため、制服も粗末なもので、ツギが当たっていたりしたのだが、工藤は、どんなものを着ても、可愛らしく見えた。

私は、工藤がこちらの気持ちに気づいてくれないのに腹が立って、自然に、乱暴な態度をとったり、口調になったりしていたのだが、不思議なもので、そのことが、逆に、工藤に私の気持ちを伝える結果になった。

工藤の私に対する態度が、少しずつ変わってきたのだ。私たち四人は、神宮の近くの高台に、見張り小屋を作って、Ｂ29の監視に当たっていたのだが、ふと気づくと、工藤が、じっと、私を見ていたりするのである。

（やっと、こちらの気持ちが通じた）

と、私は、思った。

嬉しかった。

しかし、私は、周囲の人間に対して、今まで以上に気を使い、用心深くなっていった。同じグループの木崎や岡田には、自分の気持ちを知られたくなかった。からかわれるのが、怖かったのだ。それに、戦争が、私の気持ちの中で重なっている。私の感情など、戦争の前では、一笑に付されて当然の不道徳なものに違いなかった。

工藤の親戚には、伊勢神宮の神官を務める名家があった。当然、工藤もそうした親戚の影響を、受けているだろうから、私のことを迷惑に感じるのではないのか？

私には、そんなことも不安だったのだが、いざとなると、工藤のほうが、私より大胆だった。

四人で集まり、いろいろと話し合っている時、工藤が、突然、

「四人じゃ多すぎて、Ｂ29の来襲を見張る範囲も狭くなっちゃうから、二人ずつに分かれて新しい見張り場所を見つけたほうが、いいんじゃないか？　おそらく、そのほうが、

絶対にB29を、見つけやすくなるから、そのほうがいいと思うよ」

と、いってから、ちらりと私を見たのである。

私は、ドキッとした。

私は、木崎と岡田が何をいうか心配だったが、二人とも簡単に、工藤の考えに賛成した。

この後、警報が鳴ると、私たち四人は二人ずつに、分かれて、高台にある見張り小屋から、B29が、伊勢上空を通過していくのを見張り、夜間空襲で、B29がやたらに低く飛んできた時などには、私たちは敵愾心《てきがいしん》を燃やして、飛行機に向かって石を投げつけたりしていた。

最初に二人だけになった時、工藤が、いきなり私に、いった。

「長谷川は、日記つけてる?」

「ああ、つけている」

「それじゃあ、今度、僕の日記と交換しようよ。君がどんなことを考えているのか、それが知りたいから」

と、工藤が、いった。

私は狼狽《ろうばい》した。

私は、父の影響もあって、小学生の時から日記をつける習慣を、持っていたが、中学に入ってからの日記には、工藤に対する気持ちを、正直にそのまま、書いていたからだ。その日記を、当の本人である工藤に、読まれるのは、恥ずかしかったし、自分の肉体的なことも書いていたから、そちらのほうに工藤がどう反応するか怖かったのだ。

工藤は、真剣な目付きで、

「僕はどうしても、長谷川の日記が、読みたいんだ。読ませてくれよ」

と、しつこく迫ってきた。

いいとも悪いともはっきりさせずに、私が曖昧なことをいっていると、工藤は、怒り出して、

「僕は、君に対するこっちの気持ちを分かってほしいから、僕の日記を、君に読んでもらいたいんだ。それなのに、どうして、君は、僕に日記を見せてくれないんだ？」

私は、工藤の熱意に負けたというか、嫌われたくなくて、

「分かった。明日、日記帳を持ってくる。君に読んでもらうよ」

と、いった。

その日、家に帰ると、私は何とか新しいノートブックを見つけ出し、昭和二十年の一月一日から五月十二日までの日記を徹夜で、書き直した。

翌日、日記を交換し、家に持って帰って、工藤の日記を開いてみると、驚いたことに、毛筆で書かれていた。親戚に、伊勢神宮の神官が、いるからだろうか？

毛筆で書かれた日記には、感心したが、読んでいくうちに、だんだん嬉しくなっていった。

工藤も、私に、日記を見せるために、同じように、書き直していたことが分かったからである。一月一日から五月十二日までの間、一カ所も、訂正した箇所《かしょ》がなかったのは、明らかに、清書したためだと想像がついた。

お互いの日記を交換した翌日、B29の編隊が、名古屋に来襲した。名古屋には、重要な重工業の工場があるので、アメリカは、それを狙って攻撃してきたらしい。

名古屋の爆撃を終えると、B29は、伊勢の上空を、通過していった。

警報が鳴ると、私と工藤は、急いで、小高い丘の上にある見張り小屋に、上っていったが、その後で、突然、工藤のほうから私に抱きついてきた。

3

私は、工藤との関係を、少しずつ他の二人に、隠さないようになった。

例えば、B29の空襲があった日、二人で近くの見張り小屋で、伊勢神宮を、じっと眺《なが》めながら、空襲警報が、解除になるのを待っていた。

いつもは、空襲警報が、解除になると、全生徒が、校庭に集まり、点呼を、受けてから解散するのだが、この日は、少しばかり、遅れていってもいいだろうと、私は勝手に、解釈していた。

ところが、工藤のほうは、もっとルーズに考えていて、私と一緒に、伊勢神宮の傍を流れる宮川のほとりを二人だけで歩いて、時間を過ごしても平気だった。

少しずつ、空襲警報の鳴る日が多くなっていった。アメリカの艦載機が、飛んでくることも多くなった。戦局が、それだけ、逼迫《ひっぱく》してきたのである。

しかし、私と工藤との関係は、その頃から次第におかしくなっていった。その原因の殆《ほとん》どは、工藤のほうで、私ではなかった。

それは、不思議なことに、M女学院のせいだった。

もちろん、近くに、M女学院があることは知っていたが、今までは、ただ存在しているというだけで、女生徒と付き合うことはもちろん、声をかけることさえ、禁じられていたから、私たち男子中学生にとって、ないも同然だったのである。

そのM女学院の女生徒たちも、国から、勤労奉仕を命じられて、名古屋市内の、工場に出かけていたのである。

ところが、彼女たちが働いていた工場の一部が、B29の空襲を受けて、見るも無残に、破壊されてしまった。そこで、M女学院の女生徒たちは、工場が復旧するまで、私たちと同じ伊勢神宮の清掃や参拝者の案内などをするように、なったのである。

それぞれ清掃する場所は、分かれていたが、それでも自然に、駅から、伊勢神宮に向かう途中や、神宮の中での、休憩などの時には、私たちとM女学院の女生徒たちは、一緒になってしまう。

岡田などは、

「何とも皮肉な話だな。B29の爆撃があったおかげで、俺たちは、M女学院の女生徒を、この目でゆっくりと拝見できるんだ」

と、満更《まんざら》ではないという顔をした。

同じ年頃の女生徒が、自分たちの、視界の中を動くのは、たしかに大きな刺激だった。

しかし、私は、女生徒の姿は気になったが、工藤守のことを、好きな感情は全く変わらなかった。

ところが、工藤のほうは、少しずつだが、変わってしまったように、思えた。私を好きだったはずの工藤が、女生徒に関心を向けるように、なっていった。

もちろん、工藤がはっきりと、私に宣言したわけではない。

今まで私たち四人で、歩いていたり、しゃべっていたりする時に、ふと、気がつくと、工藤が、私のことを、じっと見ていて、それが、私を恍惚《こうこつ》とした気分にさせるのだが、M女学院の女生徒たちが伊勢神宮に入り込んでからは、工藤が私を見ているのではなくて、遠景の中にいる女生徒を見ていることに気がついて、愕然とすることが多くなった。

それに、木崎栄治までが、こんなことをいい出したのだ。

「俺の親戚に、M女学院の女生徒がいるんだ。もちろん、俺は、照れ臭いから、そいつとは、付き合っていないが、ある時、彼女が、ウチに遊びに来てね。こんなことを、いってるんだ。この頃、宇治山田駅で、俺たちS中学の生徒と、M女学院の女生徒とが一緒になることがあるじゃないか？　そんなとき、連中は、俺たちの品定めをしているらしいんだよ。親戚の彼女が、いうには、M女学院の女生徒の間で、おれたちの中でいちばん可愛いのは、どうやら、工藤ということになっているらしい。もちろん、向こうは、工藤守という名前までは、知らないが、いろいろと話を聞いていると、これは、どうも工藤のことらしいと気がついたんだ」

木崎の言葉に、合わせるように、岡田までがいうのだ。

「おい、工藤、気をつけろよ。男同士の友情は、さっぱりしているからいいが、女との関係なんて、どうなるか、分からないからな。ヘタをすると、教師に睨《にら》まれて退学させられてしまうぞ」

工藤は、何が嬉しいのか、

「へへへ」

と、いって、しきりに、照れ笑いしている。

そんな工藤の姿に触れたとき、私は急に、工藤が、自分から離れて、遠いところに、行ってしまったような気がした。今までにない強い嫉妬心と怒りのような感情が、湧《わ》き上がってきた。

4

十津川が、そこまで読んだとき、妻の直子が、声をかけてきた。

「その小説、夢中で読んでるみたいだけど、どう、面白い？」

「ああ、なかなか、面白いね。よく、書けていると思うよ」

「長谷川秀夫という人が、書いた小説だけど、今日中に、最後まで読んじゃって、くれないかな」

と、直子が、いった。

「どうして？」

「理由は、よく分からないんだけど、作者の、長谷川秀夫さんという人が、自分の作品が載った『かくれんぼ』を一冊残らず、回収したいんですって。だから、明日、友だちに、その本を返さなくちゃならないの」

「でも、これは、今月号じゃなくて、三カ月も前の、号になっているよ。作者は、そんな前の号の本を、どうして、今頃になって、回収したがっているんだ？　この作品に、何か、不都合なところでもあるのか？」

「理由は、私にも、分からないけど、この本を貸してくれた友だちに、そうしてくれって強くいわれたの。何でも、作者の長谷川秀夫さんが、あんな作品を、書いてしまって、後悔している。いざ活字になったものを、読んだら、下手くそで恥ずかしくて仕方がない。だから、自分の作品が載った『かくれんぼ』を全て、回収して、一冊残らず燃やしてしまいたい。そう、いっているんですって」

「なるほどね。しかし、ここまで、読んだところでは、別に恥ずかしくも、何ともない、普通の作品だと思うよ。むしろ、私なんか、自分が十五歳だった頃のことを、懐かしく思い出して、楽しく読んでいるんだ。長谷川という作者は、どうして、回収したいんだろう？」

「だから、恥ずかしいんですって」

「そこが、よく分からないんだ」

と、十津川が、続けて、

「作者の長谷川秀夫という人は、どういう人なんだ？」

「その同人雑誌のいちばん後ろのページに、作者の略歴が、書いてあるわ」

なるほど、いちばん最後のページに、執筆者たちの略歴が、載っていて、長谷川秀夫のものもあった。

長谷川秀夫。八十五歳。三重県伊勢市の生まれ。小中学校とも伊勢市内の学校に学ぶ。中学の校長から、伊勢神宮を守る任務を言い渡されて、伊勢大空襲を体験した。戦後は父親の都合で上京し、東京の大学を卒業。

現在、T大講師。専門は、日本古代史。専門分野の研究でも高い評価を得ている。

家族は二十年前に妻をガンで失い、すでに結婚した娘が、二人いる。


これが、長谷川秀夫の略歴だった。

「何となくおかしいね」

と、十津川が、直子に、いった。

「どこが、おかしいの？」

「略歴を見てみると、結婚して、娘が二人いるという。だから、この作者は、同性愛者というわけではなさそうだ。それなのに、どうして、自分の書いた作品が、恥ずかしいからといって、三カ月も前に出したものを、全部回収して、燃やしてしまおうとするのかな？　私には、そこのところが、よく分からないんだよ」

「でも、あなたはまだ、この小説を、全部読んでいないんでしょう？　もしかしたら、あなたが、まだ読んでいないところに、理由が分かるようなことが、書いてあるのかもしれないわよ」

「そうかも、しれないね。ただ、仕事が忙しくて、なかなか、ゆっくりと読む時間が取れなくてね。読んだのは、ちょうど半分くらいかな。ここまでに、描かれているのは、年頃の男の子に、よくある、ちょっと歪《ゆが》んだ愛情だよ。多くの少年が、同じようなことを経験しているんだから、これが、公になったからといって、恥ずかしがることはないと、思うんだけどね」

と、十津川が、いった。

「明日、私が同人誌を返しに行くから、残りのまだ読んでいないページを、コピーしておいたら、いいんじゃないの？」

「分かった。最後まで、読みたいから、そうするよ」

十津川は、同人雑誌に載っている、作品「少年」の後半部分を、コピーした。

「この略歴だけじゃ、詳しい経歴は分からないね。君の友だちが、この同人雑誌に関係しているといっていたけど、その人は、この同人雑誌で、何をやっているんだ？　単なる同人なのか？」

「その友だちは、荒川《あらかわ》あかねといって、この雑誌の同人なんだけど、ご主人が、荒川孝《たかし》という人で、この同人雑誌の発行責任者ということに、なっているの」

十津川は、時計に、目をやった。

「今から、この同人雑誌の、発行責任者をやっているという、荒川孝さんという人に、電話できないだろうか？」

「今、何時？」

直子が、きく。

「五時になったばかりだ」

「それなら、これから、直接、荒川さん夫妻に会いに行かない？」

と、直子が、いった。

「そろそろ、夕飯時だけど、こんな時間でも、構わないのか？」

「荒川さん夫妻は、四谷三丁目で、小さな喫茶店をやっているのよ。たしか、午後十時か十一時まで、やっているはずだから、今から行ってコーヒーを、飲みながら、いろいろと、話を聞けば、何でも、質問に答えてくれるんじゃないかと思うわ」

「そうか。それなら、ぜひ、荒川ご夫妻に会って、この『少年』という作品について、話を聞きたいものだね」

と、十津川が、いった。

5

二人は、直子の運転する軽自動車で、四谷三丁目に向かった。

外苑東通りから、一筋入ったところに、小さな喫茶店があった。「かくれんぼ」というのがその店の名前だった。同人雑誌と、同じ名前になっている。

五時半すぎだったので、お客が二人いて、軽食を取っていたのだが、食事を済ませると、店を、出ていった。

店には、荒川夫妻と、十津川夫妻の四人だけが、残った。

同人誌「かくれんぼ」は、元々は、荒川の父親が創刊し、主宰したもので、父親が亡き後、息子の孝が、引き継いだとのことである。

「私は警視庁に勤務する、十津川といいます。妻が、奥様からお借りした、同人誌の小説に私は感動して読ませていただきました。しかし、その作者が雑誌の回収に乗り出したと聞いて、どんな事情があるのか、知りたいと思いまして」

と、十津川がいった。

「そういうことでしたら、ゆっくり、お話をしたいから、今日はもう、閉店にしましょう」

荒川がいい、入り口のドアを閉めて、「閉店」の看板を店頭に出した。そして、店の真ん中のテーブルに、腰を下ろし、四人で、コーヒーを飲みながらの、話になった。

「この同人雑誌に載っている長谷川秀夫さんの書いた『少年』という作品を、途中まで読んだんですが、なかなか、面白かったですよ。長谷川さんは今、八十五歳になられるようですが、十五歳の頃の自分の体験したことを思い出して、あの小説を、書いたわけでしょう？」

と、十津川が、きいた。

「ええ、そうです」

「それにしても、七十年も前の話を、書いた作品を、どうして、恥ずかしいからといって、同人雑誌を、全部回収して、処分しなくては、ならないんですか？」

「実は、私も、どうして、突然、長谷川さんが同人雑誌を、全部回収して処分したいと、いい出したのか、理由が分からずに、困っているんですよ。それに、この長谷川秀夫さんの本名は、野々村雅雄といい、大学の古代史の先生をされており、最近書いた『日本古代史の研究』という論文で、総理大臣賞を受賞したりしています。ウチの同人雑誌の、柱というか、エースのような存在に、なっていますし、昔から投稿されている同人ですから、野々村さんの希望となれば、なかなか、無下《むげ》には、断れなくて」

と、荒川が、いった。

「さっきもいいましたが、私は、まだ途中までしか読んでいないのですが、結末は、どうなるんですか？」

と、十津川が、きいた。

「私が、結末を教えてしまっては、つまらないでしょう？　十津川さんが、ご自身で、読んでください。野々村さんが、全部回収して処分するというので、私が、持っている『かくれんぼ』の『少年』の部分だけ、コピーしてありますから、それを、お渡ししましょう」

と、荒川が、いった。

「そうしますと、『かくれんぼ』の発行責任者の荒川さんとしては、野々村さんが書いた『少年』という小説の内容は、別に、隠さなくてはいけないようなものではないし、掲載号を、全て回収しなければならないようなものでもないと、思っていらっしゃるんですね？」

「その通りです。何といっても、これは、フィクション、つまり、小説ですからね。それに、書いてあることは、昭和二十年頃の、話でしょう？　年齢も、十五歳の少年の時の話ですよ。今、野々村さんは、八十五歳ですから、七十年も前の、出来事を、書いているんです」

荒川は、怒ったような口調で、いう。

それに対して、十津川は、笑って、

「全部読みたいと、思ったので、読み残したところは、荒川さんと、同じように、コピーしてあるんです」

「よく分からないんですが、どうして、今頃になって、野々村さんという方は、自分の作品が、恥ずかしいから、雑誌を、全部回収するなどと、いい出したんでしょうか？」

改めて直子が、きくと、今度は、荒川の妻のあかねが、答えた。

「私は何度か、野々村雅雄さんという方にお会いしているんです。野々村さんが、総理大臣賞をもらった時も、私と主人が、お祝いのパーティに、参加しましたし、その後もお会いして、この『少年』という作品についても、話をしています。その時には、何もいっていませんでしたよ。ですから、どうして今頃になって、野々村さんが、雑誌を回収したいなどといい出したのかが、分からなくて困っているんです」

「話は変わりますが、お二人は、伊勢神宮に行ったことがありますか？」

と、十津川が、急に、話を変えた。

「ええ、もちろんありますよ」

と夫妻が、答える。

「この『少年』という小説の中に、書いてあることは、昭和二十年の伊勢神宮での、話ですから、この作品が、本当のことを書いているとすれば、関係者は全て、伊勢のほうに、いるんじゃありませんか？」

「そうだと、思います。野々村さんの中学時代の友人のことや、Ｂ29の空襲の時の様子を知っている人は、全て今、伊勢にいると思いますよ」

「それでは、伊勢にいる人たちは、あの小説を読んで、いったい、どんなふうに、考えているんですかね？　怒っているんでしょうか？　それとも、面白いと、思っているんでしょうか？」

「さあ、その点は、どうでしょうかね？　実際に、伊勢に行って、関係者に会い、話を聞いてみないと分かりませんがね。向こうに、いる人たちだって、三カ月も前の、同人雑誌ですからね。しかも、その内容について、ウチに、文句をいってきた人はいませんから、向こうでも別に問題にはなっていないいんじゃありませんかね」

と、荒川が、いった。

「では、問題の同人雑誌を持ってきましたので、お返しします」

と、直子は、荒川に、いった。

「それで、あとの部分を、最後まで読んでから、もう一度、改めて、荒川さんに、お話をお聞きしたいと思っています」

と、十津川が、付け加えた。

6

家に帰ると、十津川は、すぐに、続きを読みたいと思ったが、急に動き回ったので、疲れてしまい、ベッドの上で、コピーを読みながら途中で寝てしまった。

翌日、十津川が、目を覚ますと、それを、待っていたかのように、電話が、けたたましく鳴った。

十津川が、電話に出ると、

「世田谷区世田谷本町四丁目で、殺人事件が、発生した。被害者は男性、八十代、今からすぐ現場に、急行してくれ」

いきなり、本多《ほんだ》一課長の、緊張した声が、飛んでくる。

十津川は、世田谷本町で、殺人事件発生という本多の言葉に、不吉なものを感じた。昨日途中まで読んだ同人雑誌の、発行責任者が、世田谷区在住の、荒川夫妻だったからである。

殺人現場は、世田谷区内の、高層マンションの一室だった。二十八階の、二ＬＤＫの部屋である。

部屋には、すでに、所轄の刑事たちが集まっていた。

すが、その多くは、佐々木先生が、すでに、開拓されておられたもので、あります。

こうして、佐々木先生がお書きになったものに接すると、いかに、先生が、闇に消えてしまった歴史上の人物や出来事を、何とかして世に出したい。そう思われて、昼夜を問わず研究に、没頭されていることが分かりまして、現在八十五歳の私も、先生に、啓発されているわけでございます」


文章は、そこで終わっていた。

十津川は、その書きかけの、原稿用紙を手にとると、荒川のところに戻って、

「今日は、ここに、書かれているパーティがあるのですか?」

と、きいた。

「午後一時に、帝国ホテルで、その佐々木先生の歴史大賞受賞祝賀会パーティがあります。野々村さんは、そのパーティに、来賓として出席されることになっていたので、遅れてはいけないと思って、私に起こしてくれと、頼んだのでしょう。多くのパーティは、夕方からなので、出席するのは、難しくないのですが、今回は午後一時の、スタートですので、野々村さんは、遅れてはいけないと、気にされていたのではありませんかね」

と、荒川が、いった。

さらに、

「野々村さんは、高齢にもかかわらず、とてもお元気なので、みんな驚いていたんです。一時は、自分はガンだといわれて、余命いくばくもないから、いろいろと身辺整理しておきたいみたいなことを、おっしゃっておられたんですが、そのガンもそれほど進行が早くないようで、最近は体のほうも好調のように拝見していたのに、こんなことになってしまうなんて——」

と、荒川が、声を落として話す。しかし、十津川としては、いろいろと聞かなければならない。

「野々村さんは、いいことばかりが続いていたようですが、仕事のほうも順調だったようですね？」

「総理大臣賞をもらった『日本古代史の研究』も、よく売れていますし、秋の叙勲《じよくん》では、間違いなく、野々村先生が、表彰されるだろうと、誰もが思っていました」

「この部屋の様子だと、ここに住んでいるようには、見えません。この近くに、お住まいがあるんですか？」

と、十津川がきいた。

「ええ、この近くに、ご自宅があります。ただ、娘さんたちが、高齢の野々村さんの身の回りの世話をするため、しょっちゅう訪ねてくるので、仕事をするには、五月蝿《うるさ》すぎるというので、少し前から、仕事部屋として、このマンションを借りたと聞いています」

「この仕事部屋のこと、どのくらいの人が、知っているのでしょうか？」

「その点は、私には、皆目、見当もつきません。私自身は、同人雑誌の原稿を取りに来たことがあるので、この仕事部屋のことは、知っていましたが、ほとんどの人は、知らなかったと思います。よく、野々村さんは、仕事部屋で、一眠りしてくると、いわれましたから。結構、この部屋には、おいでになっていたのでは、ないでしょうか」

野々村雅雄の遺体は、司法解剖のため、大学病院に運ばれていった。そのあとで、十津川は、改めて、部屋を見て回った。

築十二年という中古マンションである。家賃を聞くと、月二十万と高い。野々村という被害者は、最近、総理大臣賞をもらって、忙しく仕事をやっていたのだろう。

室内に、物色された様子はなく、野々村の財布の中の現金やカードも、手付かずのままだった。となると、怨恨の線が考えられる。

野々村が回収しようとしていた小説の中に、事件の手掛かりがあるかもしれない。

十津川は、改めて、野々村雅雄が、長谷川秀夫の名前で書いた「少年」という作品を最後まで読んでみたくなった。

第六章　遠い風景

1

十津川は、読みかけの小説「少年」に戻って、残りの部分を最後まで、読んでみることにした。野々村雅雄が、長谷川秀夫というペンネームで、同人雑誌「かくれんぼ」に書いた小説である。

同性の工藤守に対する嫉妬は、女性に対する嫉妬よりも、辛いものだと分かるようになった。嫉妬を感じながら、工藤に対する自分の感情は、どこか間違っているという後ろめたさが、つねに私の胸の中にあったからである。

いけないことだという感情と嫉妬の感情は、私を苦しめ続けた。

そんな私の苦しい思いを、工藤は、ちゃんと、分かっていながら、見張り小屋や神社境内などで、二人だけになると、私をからかうように好んで女生徒の話をした。

「ウチの近くに、M女学院に通っている女生徒が、住んでるんだ。その子は以前、道で会ったって、ニコリともしなかった。まるで、俺の存在を、無視するようにふるまっていたんだが、最近になって、急に向こうからニッコリと笑いかけてくるようになったんだ。まあ、伊勢神宮の清掃なんかで、時々、顔を合わせるようになったからだろうと思うんだけどね。名前はたしか、山下栄子《やましたえいこ》というんだけど、明るくて、頭のいい子だよ。ああ、そうだ、今度、紹介してやるよ」

工藤は、ニコニコ笑いながら、わざわざ、そんなことをいうのである。

私は、女の話をするようになった工藤が、嫌いだった。

だから、私は、工藤に、いってやった。

「今は戦争のただなかなんだぞ。勝つか負けるかの、大事な瀬戸際なんだ。俺たちは今、伊勢神宮を、お守りしているが、もうすぐ、アメリカ軍が大挙して、本土に上陸してくるかもしれない。そうなったら、俺たちもあるいは、銃を取って、アメリカ兵と戦わなくちゃならなくなるというのに、女なんかに、うつつを抜かしていて、それでいいと、思っているのか？　チャラチャラしていないで、もっとしっかりしろよ」

わざと声を荒らげても、工藤はまるで、私が怒るのを楽しんでいるみたいにニヤついて、

「でもさ、どうせ死ぬんなら、女の子の一人や二人ぐらい知っていたほうが、満足して死ねるんじゃないのか?」

というのだ。

私が、なおも、怒っていると工藤は、さらにからかい気味に、こんなことをいうのだ。

「お前も知っていると思うけど、俺の親戚には、伊勢神宮で、神官をやっている人がいるんだ。その人は、陸軍の将校とも親しくてさ、この戦争に勝つのは、難しいというんだ。だから、万一の時には、何としてでも、天皇陛下と、伊勢神宮をお守りしなくてはいけない。俺たち少年だっていざという時は、死ぬ決心を持ってなくちゃいけない。ただその前に、女のことを、全く知らないんじゃ、悔しくて死ぬに死ねないじゃないか。お前もそうだろう?　だから、今度、お前にも女の子を紹介してやるよ」

そんな工藤の言葉を聞いているうちに、私の嫉妬の感情は、ますます、強くなっていった。工藤は、明らかに、私が、やきもちをやくのを承知していて、女生徒の話をしているのだ。

それなのに、工藤は、私が嫉妬で、苦しんでいるのを、楽しんでいるかのように、女の話を繰り返すのだ。ある時など、例の、M女学院の山下栄子という女生徒から、手紙をもらったといって、わざわざ、私の前で広げるのだった。

そこに、筆で書かれていたのは、万葉集の愛の歌だった。

「この間、彼女から、こんな手紙を、もらっちゃったんだけどさ。歌のようなものが、書いてあるんだ。これが、万葉集だったら、男は、これに応える返歌を、書かなくちゃいけないんだろう？　しかし、俺は、どうも和歌というのが苦手でさ。お前は、国語が得意だから、俺の代わりに何かいい歌を考えてくれないか？　頼むよ」

得意気に話す工藤を見ているうちに、私は、工藤の相手をするのが、バカらしくなってきた。

私が嫉妬に苦しみ、自分の気持ちを何とか、落ち着かせようとしているのに、工藤は、そんな私を面白がっているのか、やたらに私をからかい、山下栄子という女生徒の話をしてニヤついているのである。

もちろん、私は、工藤のために、返歌などは考えてやらなかった。

私が努めて、気持ちの上で、工藤から遠ざかろうとすると、おかしなことに、工藤は、それを敏感に感じ取って、今度は、私に向かって、こんな態度を取るのだ。

「やっぱり、女の子って、面倒くさいなあ。すぐに泣いたり、わめいたりして、全く面白くないし、付き合っていると、疲れることばかりだよ。俺はもう、あの子と、付き合うのは止めた」

私に、向かって、まるで、誓うようにいう。

その言葉を聞いた時、だらしなくも、私は喜びで、体が震えたのである。工藤が、私のほうに戻ってくる、そう思ったからだ。

それでも、この時、私は、こんな駆け引きは、もう止めたほうがいいと、自分に、言い聞かせてもいたのである。ほんのわずかだが。

これでは、底なしの沼に、はまってしまったようなものだった。そして、工藤が、私をからかって喜んでいることに、気がついてもいた。

私は、病気を理由にして、二日間、学校を、休むことにした。自分の気持ちを整理するために、丸二日間、工藤の顔を、見ることなく、自分自身に、向き合うことが必要だと思ったからだ。

その二日間、私は、家にこもって、柄《がら》にもなく、精神修養の本を、何冊か、読んで過ごした。この時ばかりは、普段はバカにしている、有名な坊さんの、難しい本も読んでみた。

しかし、そんなことをしても、気持ちがスッキリするどころか、たった二日間しか学校を、休んでいないのに、最初の日から工藤の顔を見たくなって、自分自身が情けなかった。

それでも、三日目に、学校に出て、工藤と顔を合わせると、私は、努めて、冷たく、振る舞うようにした。

しかし、二日間、病気だと称して学校を休み、その間、精神修養の本を、ひたすら読んだりしたのだが、三日目に学校に行って、工藤の顔を見たとたん、やはり以前と同じことの繰り返しだった。どうしても、工藤のことで、頭がいっぱいになってしまい、いつの間にか、情けないことに、工藤の一挙手一投足を、見つめている自分に気がついて、自分で狼狽してしまうのだ。

もし、こんな自分の感情を、担任の教師に知られたら、どうなるのだろうか。そのことも心配になってきた。

担任の教師は、校長に似ていて、ヒットラーの信奉者で、私たち生徒たちに向かって、よく、こんな訓辞をしていた。

「お前たちは、まだ、十代の少年とはいえ、立派な日本男児であり、将来は、大日本帝国を背負って立たなくてはならない人間なのである。それなのに、つまらぬ私事に、かまけたり、物事を途中であきらめて、すぐに投げ出すような弱虫では、これからの大日本帝国を、背負って立つことは、到底できない。だからして、お前たちに向かって、声を大にしていいたい。勇者であれ。猛々《たけだけ》しくあれ。愛国者であれ。以上である」

生徒に向かって、こんな訓辞をする担任の教師だから、もし、私の工藤に対する感情を知ったら、きっと、ほかの生徒たちの前で、私を吊し上げて、こんなことをいうだろう。

「まるでお前は、女子供だ。日本男児とはいえない。お前のような少年は、わが大日本帝国には、必要がない」

全校生徒の前で、そんなふうにいわれたら、私は、自殺するよりほかに仕方がなくなってしまうだろう。

私は何とかして、工藤に対する気持ちから逃げられたらと思っていたが、その一方、相変わらず工藤の笑顔や、普段のちょっとした動作に、ドキッとしたり、気がつくと、工藤のことを、じっと見つめていたりするのである。

ところが、ある日を境に、私の心が大きく変わることになった。

戦局が日本にとって、厳しくなった昭和二十年を、迎えると、時々、B29の爆撃が伊勢市に対して、行われるようになった。

だが、伊勢市への空襲は、東京のような、大規模なものではなかったので、私たちは、落ち着いていることができたのだが、ある夜、十二、三機のB29が突然、夜半に現れて、何発もの爆弾を、落としていったのである。

私の家の近くにも、爆弾が落ちて、防空壕に逃げ込もうとしていた、近くの若い女性が、その直撃を受けて、亡くなったのである。

私は、彼女よりも一歩早く、防空壕に飛び込んでいたから、まさに間一髪で、助かったのだが、私にとって、空襲で初めて目撃した人間の死だった。

しかも、顔見知りの近所の女性で、その上、私と彼女の立場が、逆になっていたら、彼女が、防空壕に逃げ込み、間違いなく、私が爆弾の直撃を受けて、死んでいたはずだったのだ。

防空壕の入り口に横たわっていた、彼女の死体は、見るも無残だった。手足がちぎれて飛び、まるで、バラバラな人形のように見えた。

私はしばらくの間、時々、死体の夢を見て、夜中に、目が覚めた。

ところが、この凄惨《せいさん》な死体の姿が、記憶に残ってしまい、不思議に、工藤のことが、頭から消えてしまったのである。

どうして、そうなったのかは、私自身にも分からなかったが、おそらく、生よりも、死のほうが重みがあるからだろう。

私も私の家族も、友人たちも、もっと爆撃が、激しくなれば、一人二人と、死んでいくだろう。そんなことを考えていると、不思議に、工藤の言動が気にならなくなってきた。たぶん、「愛」よりも「死」のほうが重たいからだろう。

私の、こうした気持ちの微妙な変化は、工藤のほうも、敏感に、感じ取っているように見えた。

私の気持ちの変化に合わせるように、工藤は私の顔を、じっと見つめていたり、私と一緒に見張り小屋にいる時などに、私に焼きもちをやかせようとするのか、例の山下栄子という、M女学院の女生徒の話を、やたらにするのだが、不思議なことに、私の心は以前のように傷ついたりはしなかった。

そして、あの日がやってきた。

2

その日も、私たち生徒は、いつものように伊勢神宮の清掃をしたり、アメリカ軍の本土上陸に備えるということで、竹槍訓練をしたり、ダミーの手榴弾《しゅりゅうだん》の投擲《とうてき》訓練をしていた。午後になって、警戒警報が鳴り、いつもの見張り小屋に移動して、B29の襲来を待ち受けた。私も、ほかの生徒たちも、いつものように、三機の小さな編隊か、多くても、せいぜい五機か六機のB29がやって来て、焼夷弾をばら撒いたり、機銃掃射をしたりして、姿を消すだろうと軽く考えていた。

しかし、この日の空襲は、いつもと違っていた。

まず、十二、三機の編隊が、やって来た。三千メートルくらいの低空を、飛んでいるから、銀色の機体が、月の光を受けて、キラキラ光って美しかった。

伊勢の街は明りを消して、真っ暗である。

そして、焼夷弾攻撃が始まった。

伊勢神宮の周辺には焼夷弾は落ちず、少し離れた場所が炎上するのが見えた。まるで、市のまわりに焼夷弾を落としていき、その炎の輪で、市街を囲んでいくように見えた。

（今日は、少しおかしいぞ、これで本当に、おしまいなんだろうか）

と、思ったとき、今度は、三十機から四十機くらいの、大編隊が、街の上空に集結して、次々に焼夷弾の雨を、降らせ始めた。

（これは、いつもとは、違うぞ！）

私が思った時、一緒に、見張り小屋にいた工藤も、私と同じように感じたらしく、

「今日は、ちょっと危ないぞ」

と、私に向かって、大きな声で、いった。

いつもの私なら、工藤の肩を、叩いて、

「お互いに頑張ろうぜ」

と、大声を発しているのだが、この時の私は、妙に、冷静になっていた。

「まだ後からB29が来るかもしれないから、注意して観察しよう。今日のB29が、いったい、伊勢の街のどこを狙っているのか、よく見ておこうじゃないか」

ところが、この日のB29の爆撃は想像を絶するものだった。次から次にB29の大編隊がやって来ては、伊勢の街に大量の焼夷弾を、投下し続けるのだ。

伊勢のあちこちが、炎で、真っ赤に染まっていく。この夜のB29は、伊勢の周辺に大量の焼夷弾を落として火炎の帯を作っておき、その火炎の真ん中あたりに、次々に焼夷

弾を、落としていく作戦を取っているように見えた。

　私は、怖くなった。

まず、市街を、炎で取り巻いておいてから、次に、炎の真ん中に、次から次へと焼夷弾をどんどん落としていく。これでは、市民たちは、逃げようがない。

それでも、もし、伊勢神宮に、焼夷弾が落ちて、火災が起きたら、消防に連絡し、駆けつけて、消さなくてはならない。伊勢神宮を、守らなければならないという使命感で、自分の体が、小刻みに震えるのを、覚えた。

　私の恐れは、時間が、経つにつれて、次第に現実に近づいていった。B29の大編隊が、次々に、伊勢の空を通過していく。そのたびに、市の周辺は、焼夷弾に巻き込まれていた。

　このあと、どうなるのかと、私が不安に、おびえていた時、突然、工藤が、いった。

「神宮が心配だから、見に行こうじゃないか」

「いや、冷静に見れば、神宮の森には今のところ焼夷弾は、落ちていないはずだ。おそらく、まだ大丈夫だろう」

「M女学院の、辺りにも、落ちているようだ」

　工藤は、イライラしているように見えた。急に、我慢ができなくなったように、

「俺、見てくる」

と、叫んだ。

「神宮は、まだ大丈夫だ」

「いや、俺が、心配しているのは、神宮じゃないんだ。M女学院だよ。ウチの近所に、会うと、いつも、挨拶をする女の子がいるといったろう。ほら、山下栄子という名前の女の子だよ。M女学院が危なくなったら、学校に、集まることになっていると、彼女は、いっていた。だから、俺は、見てくる。お前も一緒に来いよ。うまく彼女たちを、助けられたら、親しくなれるぞ」

「いや、俺は行かないよ。とにかく、俺が心配なのは、伊勢神宮だけだから、ここから動きたくないんだ。神宮の森に、焼夷弾が落ちて、火の手が上がるようなことがあったら、すぐに、飛んでいって、消さなきゃならないからな」

と、私が、いう。

「バカだなあ。神宮の森は、大きいから、少しばかり焼夷弾が落ちたって、全部、焼けちゃうようなことはないんだよ。それより、女の子を助けに行こうじゃないか。そのほうが、楽しいぞ」

と、工藤が、繰り返した。

「いや、俺は行かない。そんなに、女の子を助けに行きたいのなら、一人で、勝手に行けばいいだろう」

と、私は、強い口調で、いってやった。

工藤が、何もいわずに黙っているので、私は、更に、いってやった。

「君が女の子を、助けたいんなら、止めないよ。一人で勝手に行けばいい。俺は、ここで神宮の森を、見張っている」

工藤は、一瞬、エッという顔で、私をじっと見つめた。

工藤にしてみれば、おそらく、自分が誘えば、私が、喜んでついてくると思っていたのだろう。それなのに、私が、きっぱりと、断ったものだから、あんなにビックリしたような顔を、したのだ。

その時、私は、はっきり、自分が、幼い世界を卒業したと感じた。

「そうか、分かったよ。もう誘わない。俺一人で行くよ」

工藤は、私たちの見張り小屋から、一人で飛び出していき、私は、冷静な気持ちで、それを見送った。

私たち上級生の任務は、あくまでも、伊勢神宮を守ることである。神宮に、焼夷弾が一発でも落ちて火災になったら、駆けつけて、消防に知らせるか、あるいは、伊勢神宮を守っている神職を助けて、消火に努めるか、やらなければならないのは、そのどちらかなのだ。

だから、工藤の言動は絶対に間違っているし、私のほうが正しいという、誇りを感じていた。

3

B29の大編隊が次から次へと現れて、そのたびに、伊勢の街に燃える炎が、広がっていった。

それでも、まだ神宮の森に、焼夷弾が落ちた気配はなかった。

次々に現れてくるB29の編隊は、永久に、続くように見えた。

後から後から、巨大なB29の機体が、何機も何機も、覆《おお》いかぶさるように近づいてきて、これでもかというくらいに、焼夷弾を落としていく。

それでも、時間は少しずつ、過ぎていき、夜が明けると同時に、B29の編隊も、見えなくなった。夜半から、未明にかけて、おそらく何百機という大編隊が、この伊勢の街に襲いかかってきたのだ。

結局、伊勢神宮は、森の一部が多少焼けただけで、社のほうには、ほとんど、爆撃の傷らしきものは、見当たらなかった。

それに反して、伊勢の街は、半分以上が燃えてしまったように、見えた。

朝になると、私は、高台にある見張り小屋から降りていき、まだ、ところどころで家屋が燃えていたり、くすぶっている伊勢の街に入っていった。

Ｂ29の焼夷弾攻撃で、家を焼かれてしまったのか、焼け跡に、呆然と立ち尽くしている人たちが何人もいた。あれだけの激しい攻撃を受けたのである。この様子では、おそらく、かなりの数の死者や負傷者も、出ているに違いない。

そんな焼け跡で、木崎栄治、岡田慶介の二人に出会うことができた。

木崎も岡田も顔が真っ黒だった。焼け跡を歩いている時に、煤《すす》がついてしまったのだろう。

「長谷川、お前一人か？」

と、岡田が、きいた。

私が、黙っていると、

「工藤と一緒じゃないのか？」

と、木崎が、きいた。

「途中までは一緒だったんだが、工藤は爆撃の最中に、突然、ちょっと用事があるといって、見張り小屋から、姿を消して、そのまま戻ってこなかったんだよ。近所に住むＭ女学院の女の子が心配だといってたが、冗談だと思っていた。とにかく心配なので、こうして、探しに来たんだ。君たちは、工藤を見かけなかったか？」

「いや、俺たちも、工藤のことは見ていない。てっきり、君と一緒にいるものだと、思っていたんだ」

と、岡田が、いう。

「とにかく工藤のことが心配だ。とりあえず、学校に、行ってみよう。もしかしたら、戻ってきているかもしれないぞ」

と、私が、いった。

私たちの、S中学校に行ってみると、校舎の半分くらいが、焼け落ちて、焼け跡からはまだ、白い煙が立ち上っていた。

校庭には、十二、三人の生徒が集まっていた。校長や、担任の姿もあった。

「工藤はいないな」

と、木崎が、いった。

「ああ、工藤はいない」

と、私が、答えると、岡田が、

「俺たちが、あそこに、顔を出したら、校長は絶対に、お前たちが、校舎をしっかり守らないから、半分燃えてしまったと、文句をいうに、決まっているぞ」

「それじゃあ、あそこに行くのは、敬遠して、ほかを探そう」

私たちは、S中学校の校門の近くをすばやく直角に曲がって、伊勢神宮のほうに、歩いていった。

M女学院の前に来た。こちらの校舎は、全く被害を受けた気配もなく、校庭に、女学生が何人か集まって、おしゃべりをしていた。

「まさか、工藤のヤツ、女生徒を、助けようとして、ここに来たんじゃないだろうな」

木崎が、いった。

そこで、私は、木崎と岡田の二人に、本当のことをいうことにした。

「さっきもいったんだが、工藤と二人、見張り小屋でB29を監視している時に、突然、工藤のヤツが、俺にいったんだ。いつも家の近くで会う、M女学院の女生徒がいて、山下栄子という、名前なんだそうだ。その子のことが心配なので、これから見てくるといって、危ないから行くなと、止めたんだが、見張り小屋を離れて、サッサと、伊勢の街の中に、飛び込んでいったんだ」

「やっぱり、そうか。だからといって、あの女生徒たちに、工藤のことを知らないかと、聞くわけにもいかないし。困ったな。どうする？」

岡田が、いう。

「それじゃあ、工藤の家に、行ってみるか」

木崎が、いい、私たち三人は、まだ煙が立ち上っている街の中を、工藤の家のほうに向かって歩いていった。

工藤の家は、半焼だった。

両親が、半分焼けた家を片付けており、そこに弟の姿はあったが、工藤はいなかった。

「やっぱり、工藤のヤツ、自分の好きな女の子を助けるために、どこかに、行ったんだ。そうに違いない」

と、木崎が、いうと、岡田が、

「しょうがねえな。こんなことが、学校に分かったら、ウチの校長が、真っ赤になって怒り出すぞ。そんなことに巻き込まれるのは、ごめんだぞ」

とうとう工藤は、その日は、見つからなかった。

翌々日になると、伊勢の被害の状況がラジオで、発表された。死者の名前も読み上げられたが、その中に、工藤の名前はなかった。

私たちが、その日に、S中学に集まると、校庭に整列させられ、校長が、怒鳴るような声で、訓示をした。

「B29による大空襲で、伊勢の街は大きな被害を受けた。街の約半分は焼失し、死者や、負傷者が何人も出ている。わがS中学校でも、生徒の何人かが、いまだに、発見されていない状況である。四年生でいえば、工藤が、まだ見つからないということで、今、家族や消防や警察が、彼の行方を必死になって探している。君たちも、工藤のことを、今日一日探してくれ。その途中で、また、空襲警報が鳴ったら、いつものように、各々の見張り所に行って、伊勢神宮に、焼夷弾が、落ちて来ないか見張っていて、もし、神宮に、焼夷弾が落ちたことを確認したら、ただちに警察、あるいは、消防署に、通報するのだ。いいか、分かったな」

校長の大声での、訓示が終わると、今度は、担任の教師が、私たち生徒を、校庭の隅に集めた。

「私が担任する生徒の中で、現在も、行方不明になっているのは、工藤だけである。もし、君たちの中で、工藤の消息について、何か知っている者がいれば、どんなことでもいいから、正直に、私に話してほしい」

私が、手を挙げて、担任の教師に、状況を説明した。

「大空襲もありましたし、私と工藤は、いつもの見張り小屋に行って、B29の編隊を監視していました。一昨日は、いつもの空襲と違って、B29の大編隊が、次から次へと伊勢の街にやって来て、大量の焼夷弾を、投下していきました。私たちには、市全体がB29の焼夷弾攻撃で、炎上してしまっているように見えました。

その時、工藤が、突然、M女学院の女生徒の一人が、自分の家の近くに住んでいて、顔が合うと、いつも挨拶をしている。彼女は、山下栄子という、名前らしいのですが、彼女のことが心配だから、様子を見に行ってくるといって、見張り小屋を一人で、飛び出していってしまったのです。

ですから、この山下栄子というM女学院の女生徒が、どうしているのかが分かれば、工藤が無事でいるのかどうか、自然に分かってくると思います」

私は、担任の教師に、一昨日の出来事を正直に、話した。

途端に、担任の教師の表情が険しくなった。

「君と工藤は、ほかの生徒と同じように、空襲の間はめいめい見張り小屋で、神宮が被害を受けないかどうかを、見張っているのが任務じゃなかったのかね？　どうして、持ち場を、勝手に離れたのかね？」

「もちろん、そのことはよく分かっていましたから、女生徒の様子を、見てくるという工藤を必死になって止めました。それでも工藤は、どうしても、彼女のことが心配だから、様子を見てくるといって、飛び出していってしまったんです。

何度もいいますが、私は、工藤を、必死で止めました。今、先生がいわれたように、私たちの任務は、見張り小屋で伊勢神宮に爆弾が落ちるかどうかを見張っていることでしたから、その任務をきちんと果たさなくてはいけないと、工藤にもいいました。しかし、工藤は、私のいうことを全く、聞いてくれませんでした」

と、私は、必死になって、同じことを、繰り返して、担任の教師にいった。それは、私まで工藤と一緒になって、M女学院の女生徒、山下栄子のことが、心配で、彼女の様子を、見に行ったと思われては心外だったし、担任が怖かったのだ。

担任の教師は、大きな舌打ちをした。

「そうか。それにしても困ったことになった。工藤には、日頃から、少しばかり、だらしのないところがあることは、私にもよく分かっていた。この戦時下に、工藤が、きちんと、与えられた任務を果たすかどうか、実は私も、密《ひそ》かに、心配していたのだ。そうか、やっぱり、工藤は、伊勢神宮よりも、M女学院の女生徒のほうが心配で、伊勢神宮を守らずに、彼女の様子を見に行ってしまったのか。本当に、困ったものだ」

担任は、燃え残った職員室のほうに、歩いていってしまった。

十二、三分して戻ってくると、担任は、私たちに、向かって、

「今、M女学院に電話して、山下栄子という女生徒のことを、聞いてみた。そうしたら、市街地にあった彼女の家は、炎に包まれ、焼け落ちてしまったそうだが、彼女は、一昨日のB29の爆撃の最中は、ずっと親戚の家に避難していて、無事だったそうだ。現在、彼女は、ほかの女生徒と一緒に学校に集まっていて、何のケガもしていないということだった。

もちろん、一昨日は、工藤とは、会っていないといっているそうだ。これでなおさら、工藤の行方が分からなくなった」

と、いって、担任は、また、大きく舌打ちをした。

その後、私たちは、工藤を探して、市内のあちこちを、くまなく歩き回ったが、どこを探しても、工藤は、見つからなかった。

そして、彼が、見つからないまま、太平洋戦争は、終わってしまった。

ここで、野々村雅雄が、長谷川秀夫というペンネームで、同人雑誌「かくれんぼ」に書いた小説「少年」は終わっていた。

4

野々村雅雄の伊勢時代について、調べが進んだ。七十年ぶりの里帰りで、再会した関係者らも事情を聞かれた。

十津川と亀井《かめい》は、所轄署の刑事と、同人雑誌「かくれんぼ」の発行責任者である、荒川夫妻がやっている喫茶店で、コーヒーを飲みながら、話をしていた。

「ここで、あの『少年』という小説を書いた長谷川秀夫こと、野々村雅雄さんの話をしていたその翌日に、野々村雅雄さんが、殺されたという電話を受けたのです。どうも怨恨で殺された可能性が、強いようです。私は、戦後七十年もたっているので、少年時代の体験を書いた小説に、なにかマズい描写があったとしても、まさか、高齢の野々村雅雄さんが、殺されることはないだろうと思っていただけに、大変な驚きでした」

十津川が、いうと、荒川も、

「私は、同人としての、野々村さんのことしか知らないのですが、十津川さんと同じように、彼が、殺されるとは、思ってもいませんでした」

「何とか、容疑者を見つけ出したいのですが、同人の野々村さんは、自分の作品『少年』が載った雑誌を、急いで、回収しようとしていたんでしたね？」

「そのとおりです。私から見れば、野々村さんの書いた『少年』という小説は、特別恥じることもなく、他人の名誉を傷つけて、非難されているわけでもないので、回収する必要などない、ごく普通の作品だと、思うのですが、野々村さんにしてみれば、慌てて、回収しなければならない、何か理由が、あったんでしょうかね」

「同人の野々村さんは、どんな気持ちで、あの『少年』を書いたんでしょうか？　自分の中学生時代のことを書いたと、野々村さんは、いっていませんでしたか？」

「その通りのことを、ご本人にきいたことがあります」

「そうしたら、野々村さんは、何といっていたんですか？」

「照れ臭そうに笑っていましたね。小説だから本当のことを書くことなんてあり得ないよ。どこかで嘘をついている。だから、あの『少年』という小説だって、半分は自分が体験した話で、半分は作り話なんだ。野々村さんは、そんなふうに、いっていましたね」

「同人雑誌に、発表した時には、野々村さんは、別に慌てて、回収するような素振りは、なかったのですか？」

十津川が、きいた。

「ええ、そういう素振りはありませんでしたね。むしろ、あの小説を書いて発表したことで、ホッとしたような顔を、していましたよ。野々村さん本人は、あの小説は半分が本当で、半分はウソだといっていましたが、私は、ほとんど、本当のことを書いたのではないかと、思っていたんです」

と、荒川が、いう。

「同人雑誌の『かくれんぼ』に『少年』が載った時ですが、問い合わせの電話が、かかってきたり、あるいは、感想を書いた手紙のようなものが、来たりはしませんでしたか？」

「そういえば、問い合わせの電話は、何本かありましたね」

「例えば、どんな問い合わせが、ありましたか？」

「『少年』という小説の作者は、長谷川秀夫という名前になっているが、これはペンネームなのか？もし、ペンネームなら、本名は何というのかを、教えてほしいとか、あの小説に、感動したので、作者に会いたい。どこに行ったら会えるのかという、そんな内容の電話や、手紙がほとんどでしたね。作品に対するクレームとか、作者を、批判するようなものは、一本もありませんでした」

「それで、荒川さんは、長谷川秀夫というのは、ペンネームで、本名は、野々村雅雄だと、電話の相手に教えましたか？」

「いや、教えていませんよ。これは今、問題になっている、個人情報ですからね。簡単に、教えるわけにはいきません。それに、野々村さんも本名を知られたくないから、長谷川秀夫というペンネームで、書いたと思うんですよ。ですから、問い合わせの電話に対しては、一度も、本名を、教えてはいません」

と、荒川が、いう。

しかし、伊勢に住んでいる、野々村雅雄の友人たちが、あの「少年」という小説を読んだら、これを書いたのは、野々村雅雄だと、すぐ気がついたはずである。なぜなら、中学生時代、アメリカ軍の攻撃から、伊勢神宮を守ろうとしたり、伊勢の街がB29の大空襲で、半分が燃えてしまった時、仲間の一人が行方不明になっていると知っているのだから、あの「少年」という小説作品を書いたのが、野々村雅雄だということは、すぐに、分かるはずだからである。

「あの小説の作者が、野々村雅雄さんだということを知っていて、手紙を寄越したり、あるいは、電話をかけてきた人は、いませんでしたか？　あの作品を、読めば、野々村雅雄さんが書いたものだと、分かる人間を、何人か知っているんでおききするんですが」

「そうですね、たしかに電話で、あの長谷川秀夫さんという作者は、野々村雅雄さんでしょうと、きいてきた方もいますよ。それでも、こちらとしては、個人情報ですから、あの作者の本名を、お教えするわけにはいきません。あなたのおっしゃる野々村雅雄さんではありませんと、答えておきましたが、たしかに、昔の野々村雅雄さんのこととか、あるいは、あの小説に書かれた、伊勢神宮のことなどを、かなりよく知っていると思われる人からの電話も、ありました。その時でも私は、必ず違いますと答えています」

と、荒川は、いう。

「この同人誌は、随分、昔から発行されているようですね。同人の人数も、多いのでしょうね？」

と、同行の亀井刑事が、きいた。

「ええ、終戦後、間もなく、私の父親が、活字に飢えた人々の心に潤いを与えたいと、創刊したもので、同人誌としては老舗といえます。ですから、投稿者や支援者、読者などを含めますと、千人近くはいるでしょうか」

「だとすると、伊勢市周辺にも同人がおられますか？」

「たぶん、何人かは、いると思いますよ。名簿を調べなければ、氏名や住所など正確なところは、答えられませんが」

と、荒川は、いった。

「それなら、伊勢市の人が、あの小説を読んだ可能性もあるわけだ。行方不明になった工藤少年のことで、嘘が書かれていたとしたら、あれを読んだ地元の人が憤って、作者を脅迫したため、慌てて野々村さんが雑誌の回収に動いた、という見方もできるな」

と、十津川は、いった。

「なにか書かれていない、真実があるのでしょうか？」

と、荒川が、不安そうな顔をした。

その後、少しの間、四人は、黙ってコーヒーを飲んでいたが、十津川が、間を置いて、いった。

「それにしても、どう考えても分からないのは、野々村雅雄さんが、なぜ、殺されたのかということですよ。何回も繰り返しますが、私は、野々村さんが、小説の内容が問題で、殺されるとは、全く思っていませんでしたから」

「十津川さんは、なぜ、野々村さんが、殺されるとは考えていなかったんですか？」

と、荒川が、きく。

「あの『少年』という作品に、書かれていることは、ほとんど、実際にあった話、つまり、野々村さんが伊勢の中学時代に、体験したことだと思うのです。ですから、野々村さんを、殺すとすれば、彼と中学校時代を一緒に過ごし、伊勢神宮の警護に、当たっていた三人の中の誰かだと思うのですが、私たちが、三重県警に依頼した事情聴取では、この三人のうち二人は、野々村さんが書いた『日本古代史の研究』で、総理大臣賞をもらったことを、自分のことのように、喜んで、感動していたそうですね。その様子を、聞く限り、全員の友情というか、結束が、ひじょうに固いのです。そんな、彼らの中の誰かが、野々村さんを殺すとはとても考えられないし、彼ら以外の人たちは、誰も、あの『少年』の小説のような昭和二十年の世界を、知りませんからね。当時のことを知らない人たちが、知らない野々村雅雄さんを殺すことも、あり得ないと思うのです。何回もいいますが、容疑者らしき人間が、一人も、見当たらないのですよ。それで今、捜査が、行き詰っていて困っているのです」

「野々村さんは、生まれてから、中学時代までの十数年間を、伊勢で過ごし、その後、東京に出てこられたわけですね？」

「そうです。たしか父親の仕事の関係で上京し東京の大学に進んでからは、亡くなるまでずっと、東京で生活しています。しかも、東京に出た後は、今年になるまでなぜか、一度も、伊勢には、帰っていません。もしかすると、郷里の伊勢には戻りたくない、理由があったのかもしれませんね」

「そうすると、野々村雅雄さんの生活の場所は、中学を卒業するまでの伊勢と、その後の亡くなるまでの東京との、二つに分かれるわけですね？　警察は、どちらの生活が、原因で、野々村さんが、殺されたと考えているんですか？」

荒川が、きく。

「今のところ、伊勢の生活に、原因があるのではないかと考えています。同人雑誌に小説を書いたことが原因で、殺されたのだとすれば、伊勢の生活空間が殺人の動機になっていると、思わざるを、得ませんから」

と、十津川が、いった。

「伊勢ではなくて、東京の生活空間が、殺人の動機だということは、考えられませんか？」

それまでずっと、黙っていた荒川の妻が、きいた。

「もちろん、考えられないことでは、ありません。何しろ、野々村さんにしてみれば、東京での生活は七十年で、伊勢での生活の五倍近くはありますからね。それだけ、東京での生活の中に、殺される理由があったかもしれません」

「野々村さんの東京の生活が、今回の殺人の動機になっているというと、やはり、総理大臣賞を受けた『日本古代史の研究』が動機になって、いるんでしょうかね？」

「と、いいますと？」

「例えばですが、野々村さんが、総理大臣賞を受賞したことに嫉妬した同じ研究仲間が、野々村さんを殺したということも、考えられますかね？」

と、荒川の妻がきく。

「今の状況を考えると、ほとんど考えられませんね。それはないと思っています」

「どうしてですか？」

「何しろ、野々村さんの研究は、日本の古代史という、至って地味なものですし、野々村さんが受賞した総理大臣賞にしても、毎年、いろいろな人に、与えられているものですからね。もし、野々村さんが総理大臣賞をもらったことを、誰かに妬《ねた》まれて、それで殺されたのだとすれば、今までに、何人もの人間が殺されていることになりますよ。ですから、今回の殺人事件には『日本古代史の研究』は関係ないと、私は、考えています」

「そうすると、十五歳までの伊勢の生活が、七十年後の、殺人の動機になっているんでしょうか？　しかし、十五歳といったら、まだ子供でしょう？　そんな子供時代のことが殺人の動機になるのでしょうか？」

「しかし、喉をかき切っている、あの残忍な殺し方から見れば、簡単な動機ではなく強い恨みか憎しみがあると、私は思っています。それに、あの頃の十五歳は、今と違いますから」

と、十津川が、いった。

第七章　告　白

1

糖尿病で入院していた木島新太郎が退院したというので、十津川は、伊勢市にいる木島と阿部の二人に連絡し、東京の喫茶店「かくれんぼ」に、来てもらった。

二人が到着すると、十津川は、喫茶店のオーナーである荒川夫妻と妻の直子には、しばらくの間、店を空けてもらうことにして、三人だけで、話をすることにした。

十津川が、自分の分を含めて、三人分のコーヒーを淹れ、二人に、勧めた。

コーヒーを受け取りながら、阿部が、

「十津川さんから、すぐに来てほしいと、呼ばれたので、何はともあれ、急いで行かなければならないと思って来たんですよ。それにしても、いったい何の用ですか？」

と、きく。

「野々村さんが、殺された件について、もっといろいろとお話をお聞きしたいと、思ったんですよ。阿部さんも木島さんも、野々村さんとは、昔から、親しかったわけだから、昔のことも、最近のことも、よくご存じだろうと思って、お忙しいと思いましたが、お呼びたてしたわけです」

十津川は、いい、自分で淹れたコーヒーを口に運んだ。

「そうですか。たしかに、野々村との付き合いは、戦前からで、長いですよ。ただし、十津川さんに、お話をする前に、断っておきますが、私は、犯人じゃありませんよ」

と、笑いながら、阿部が、いった。

「阿部だけではなくて、私だって、犯人じゃありません」

木島も、慌てて、いった。

「それは、よく分かっています。お二人とも、容疑者としてお話を伺うつもりは、全くありません」

と、十津川が、いうと、阿部が、急に笑顔になって、

「とにかく、もう八十歳を過ぎましたから、かりに野々村に、腹が立つことがあったとしても、もう殺すだけの元気は、ありませんよ。それどころか、こっちが、先に死んでしまっても、おかしくないほど、最近は、体力に自信がありませんよ」

木島も、

「私も同じです。一応、退院は、しましたが、糖尿病だと医者にいわれてから、力が出ないんですよ」

と、いって、笑った。

十津川も笑顔のまま目の前の二人を見つめた。

昭和二十年、終戦の年に彼らは十五歳の中学生だったが、今では、もう、八十五歳になっている。たしかに、老人と呼ぶしかない年齢に、なっているのだ。

それも、穏やかな老人に見える。殺人事件を引き起こすような人間とは、とても、思えない。

「野々村さんが、殺されたと聞いた時は、どう思われましたか？」

十津川が、きいた。

「ビックリしました。とにかく、驚きましたよ」

と、阿部が、いう。

「信じられませんでした。野々村は、われわれの仲間の中の、出世頭で、いわば英雄のような、存在でしたからね。僕なんかは、ただ単に、歳ばかりを取って、どこにでもいる、平々凡々とした老人ですが、野々村は、大学の先生で、書いた本が、ベストセラーになって、総理大臣賞まで、もらったんですからね。だから、彼のことが、私の自慢でも、あるんです」

と、阿部が続けて、いった。

「僕も同じですよ」

と、木島も、いった。

「野々村のように、才能があって、八十歳を過ぎてもなお、本が売れて、総理大臣賞までもらっている。僕たちのヒーローですよ。そんな男がどうして殺されなくては、ならないんです？　僕には全く分かりませんね」

「しかし、野々村さんは、間違いなく、殺されたんですよ」

と、十津川が、いった。

「ええ、分かっています。やっぱり昔のことが、殺人の動機になっているんでしょうか？」

と、阿部が、いった。

「それはつまり、皆さん方の、十五歳の青春が殺人の動機に、なっているということですか？」

十津川が、逆にきいた。

「あの頃は、毎日のように、B29の空襲があって、たくさんの人が、死んでいって、われわれ四人の中の一人も、行方が、分からなくなってしまったんですよ。今でも、彼が死んでいるのか、生きているのか分かりません。そのことは、十津川さんも、ご存じですよね？」

と、木島が、いう。

「ええ、知っています。それが、加藤明さんですよね？」

「ええ、そうです」

と、木島が、いい、

「加藤のことを考えると、不思議な気がするんですよ」

と、阿部が、つけ加える。

「不思議といいますと？」

「われわれは、年を取って、八十歳すぎの老人に、なってしまいましたが、あいつだけは、僕たちの、思い出の中で、今でも十五歳の少年のままなんですよ。それが、何とも不思議な気がしていましてね」

「とにかく、加藤は、僕たち四人のうちでは、いちばんの、美少年でした。色が白くて。だから、女の子にもモテました。とはいっても、戦争中の、あのやかましい時代ですから、女生徒と付き合うことなんかは、できませんでしたが、それでも、加藤が、いちばんモテたことは、間違いありませんね」

と、木島が、いう。

「小説を読むと、野々村さんと加藤さんの間には、友情を超えた、一種の愛情のようなものが生まれていたように感じられますが、そのことを、お二人は、ご存じでしたか？」

十津川が、きいた。

「ええ、それは何となくですが、感じていました。当時、四人の中では、野々村が、いちばん大人っぽくて、加藤は、その反対でしたからね。野々村が、加藤のことを可愛らしいと感じていたと思いますが、それが恋愛関係にまで、なっていたかどうかは、わかりません。ただ、仲が良かったことはたしかで、今なら戦争がない平和な時代だから、二人を、からかったりしたと思うけど、あの頃は戦争中で、本土決戦が迫っていて、いつ死ぬか分からない空気だったから、二人のことをからかう余裕なんかなかったんですよ」

と、阿部が、いった。

「野々村さんが、長谷川秀夫という、ペンネームで、十五歳の頃のことを書いた『少年』という作品を、同人雑誌に発表しました。そのことは、ご存じですよね？」

十津川が、きいた。

「ええ、もちろん知っているし、読みましたよ。加藤の弟が、同人誌を入手して、われわれにも見せてくれましたからね」

二人が、同時に、いった。

「それで、感想は？」

「面白かったですよ。十五歳の頃、野々村は加藤に対して、こんな感情を持っていたのかと思って、当時を思い出しながら、楽しく読みました」

「作品を読んで、イヤな感じは、受けませんでしたか？」

「イヤな感じ？　いや、そういうものは、全く、感じませんでした。私も面白く読みましたよ。ただ、あの小説の中で、私が疑問に思ったことがありましてね。あの空襲の朝方、私と阿部が焼け跡で、野々村に会ったことになっていますが、本当は私は監視小屋の近くの森で、野々村に巡り会ったのです。彼は一人でいて、錯乱状態でした。私は加藤のことを聞いたのですが、『自分が加藤を殺したのも同然』というようなことを口走っていたのです。このことは、今まで、阿部にはいいませんでしたが、その殺したという意味を、一度、野々村に尋ねたいと思っていました。先日、彼が伊勢に里帰りしたときは、彼にイヤな思いをさせてはいけないと考え、喉まで出かかったのを飲みこんだのですが、今でも気にはなっているんです」

と、木島が、いった。

「十五歳の頃というのは、何といっても人生で、いちばん多感な時期ですからね。ああいう感情を持つことも、珍しくないと思いますね。ですから、野々村が『少年』の載った同人雑誌を、回収しようとしていると聞いて、どうして、そんなことをするのかが、分かりませんでしたね。私には彼の作品が、小説というより、体験談だと思えました。私たちは皆、あんな多感な少年時代を、過ごしたんですよ。十五歳の思い出なんだから、堂々と、本名で書けばいいのにと、思ったくらいです」

と、阿部が、いった。

「阿部さんも、イヤな感じはなかったんですか？」

「ええ、もちろんです。そんな気は、全くしませんでしたよ」

と、阿部は、いった後で、

「たしかに、私たちが十五歳だったあの頃は、何といっても、戦争中ですからね。もし、あの頃、あからさまに、やられたら、こんな大変な時に、デレデレしやがってと、腹が立ったかもしれません。わからないようにやってたし、今となっては、微笑ましく思えますよ」

「野々村さんの書かれた『少年』という作品ですが、最後は、伊勢の大空襲の話になっていて、市内が、炎に包まれ、何人もの市民が、死んだり、ケガをしたことが、書かれています。その中で、加藤さんらしき少年が、自分の家の近くに、住んでいる女生徒のことが、心配だから探しに行ってくるといって、危ないから行くなと、主人公が止めるのも聞かずに、燃えさかる伊勢の市内に入って行き、そのまま、行方が分からなくなってしまいますが、このラストについては、どう、思われますか？」

「あの夜の空襲のことは、おそらく、誰にもはっきりと説明できないんじゃありませんかね。何しろ、何百機という、B29の大群に襲われて、伊勢の街の各所から、火災が起きて、街の中は、逃げまどう人たちで大混乱になりましたからね。僕たちはもし、神宮に、火の手が上がったら、自分たちの手で、消し止めてやるみたいな、威勢のいいことを、いっていましたが、あれだけの大空襲になったら、中学生の僕たちには、どうすることもできないと分かったんですよ。市民だって、消火に、当たるどころか、逃げ回るのに精一杯だったと、思いますね。あの夜、加藤が、どう動いたのかも、僕たちには、分からないし、野々村が書いた小説のとおりなのか、それとも、違うのかも分かりません。あの混乱の中では、野々村がいった『自分が加藤を殺したのも同然』という意味も、はっきりはしないのです。私にしろ野々村にしろ、平常心ではいられなかった大空襲でしたから。とにかく、あの時、伊勢の街を襲ったのは、人間の一人や二人いなくなったって誰も怪しまない、そんな激しい、空襲でした」

と、木島が、いった。

「それにしても、警察の皆さんも、大変ですね」

と、いったのは、阿部だった。

「同情してくれるんですか？」

「十津川さんは、七十年前、われわれが、十五歳の時に起きたことが、今回の殺人の動機の可能性が高いと思っているんでしょう？」

「そうです」

「しかし、昭和二十年ですよ。伊勢の街だって、今もいったように、Ｂ29の大空襲であちこちに、火事は起きるし、死傷者は出てるし、あるいは、加藤のほかにも、あの夜の空襲で行方不明になってしまった人が、何人も出てるんです。誰もが混乱していたから、そんな時のことは、誰もほとんど、覚えていませんからね。だから、捜査も大変なんじゃないですか？」

と、阿部が、繰り返した。

「阿部がいうように、たしかに、大変だろうと、思いますよ」

と、木島も、同情する。

「いや、皆さんに、同情していただくのは、ありがたいのですが、皆さんが、そう思っていらっしゃるほど、大変だとは、感じていないのですよ。たしかに、私が、生まれる以前のことですから、易しいことは、ありませんが、だからといって、お手上げということも、ないのです」

と、十津川が、いった。

「しかし、野々村が、殺された動機は、昭和二十年の、われわれが、十五歳の頃の出来事にあると、警察は、考えているわけでしょう？」

「そのとおりです」

「だとすれば、素人のわれわれが考えても、捜査は、難しいと思いますがね。何しろ、昭和二十年といったら、七十年も前のことになりますからね。今、十津川さんから、あの夜のことを、聞かれても、申し訳ないけど、僕は、正確には、覚えていませんよ。とにかく、炎と煙の中を、命からがら、無我夢中で、逃げ回ったことしか覚えていないんですから」

「僕も、同じですよ」

と、木島も、いう。

「どこをどう、逃げたのかなんて、全く覚えていません。あの大空襲の最中に、誰と会ったかなんて、聞かれても、正確に、答えることはできません」

「そうですか」

と、いって、十津川は、合槌《あいづち》を打った後で、二人に向かって、

「今さら、いわなくても、お分かりと思いますが、お二人が、今回の、殺人事件の犯人ではないことは、はっきりしています」

と、安心させるように、いった。

「もちろん、僕たちは野々村のことを、尊敬していますし、自分たちの間の、いわばヒーローだと思っていますから、彼のことを、殺したりはしませんよ。こんなことを、聞

くのはおかしいかもしれませんが、どうして、僕と木島が、犯人ではないと、十津川さんは、断定したんですか？」

阿部が、十津川の顔を、見た。

十津川が、微笑する。

「理由は、簡単です。お二人には、野々村さんを殺す理由が、ないからです」

2

十津川は、

「コーヒーのお替りは、いかがですか？　新しいコーヒーを、淹れましょう」

と、落ち着いていい、三人分のコーヒーを淹れ、それを、二人に注いで、話を、再開した。

「ケーキを食べませんか。私が奢《おご》りますよ」

と、いって、ガラスケースから、ケーキを取り出すと、二人の前に置いたが、木島は、病気のことがあるので、遠慮するという。そして、

「十津川さんに、一つ質問してもいいですか？」

と、話しかけた。

「どうぞ」

「今、十津川さんは、僕たち二人は、野々村を殺した犯人ではないと、いいましたよね？」

「いいました」

「それなら、どうして、僕たち二人と一緒に、呑気《のんき》に、コーヒーのお替りをしたり、ケーキを、食べたりしているんですか？　早く捜査に当たらなくても、いいんですか？」

と、木島が、いう。

「実は、今回の犯人は、もう、分かっているんです」

と、十津川が、いった。

二人が、エッという顔になった。

「本当ですか？　本当に犯人が、分かっているんですか？」

と、木島が、きく。

「本当です」

「それなら、すぐに犯人を、逮捕しに行ったほうが、いいんじゃありませんか？」

「いや、慌てなくても、大丈夫ですよ。まもなく、犯人が、ここに現れます。私が呼びましたから」

十津川が、いう。

「犯人が、分かっているんだったら、僕たちは、いったい、何のために、ここに、呼ばれたんですか？　私には、その理由が、分からないんですが」

と、阿部も、いう。

「私は、自分の判断に、間違いはないと思っていますが、それを、確認したくて、お二人にここに来ていただき、いろいろと、お話を伺ったのです。お二人のおかげで、これで、確信がますます強くなりました」

「それでは、犯人は、いったい、誰なんですか？　教えてください」

木島が、きいた。

「今、お二人に、教えなくても、まもなく、その人間が、ここに現れるはずですから、もう少しだけ、待ってください。その時になれば分かりますよ」

とだけ、十津川が、いった。

3

十津川は、落ち着き払って、コーヒーを飲み、ケーキのモンブランを、うまそうに食べていたが、阿部と木島のほうは、まもなく、ここに犯人が、現れると聞いてから、ソワソワしてしまった。

心配して、木島が、

「犯人が逃げないように、何人かの刑事を、配置しておいたほうが、いいんじゃありませんか？」

と、いった。

十津川が、また笑った。

「いいえ、その心配は御無用です。犯人は、慌てて逃げたりはしない人間ですから」

「しかし、ここに現れて、十津川さんが、殺人容疑で逮捕するといったら、慌てて、逃げ出すんじゃありませんか？」

と、阿部が、いった。

「いや、大丈夫です。今からここにやって来るのは、そういう人間では、ありません。慌てて、逃げたりしないはずです」

十津川が、繰り返した。

「人間というのは、そんなに、信用はできませんよ。いざとなったら、十津川さんを殴りつけたり、あるいは、蹴飛ばしたりして、逃げ出すかもしれないじゃないですか？」

今度は、木島が、心配した。

「ですから、そういう人間ではないのです。もし、そういう人間なら、もっと前に野々村さんを殺していますよ」

十津川が、いった時、店の入り口のほうで、ベルが鳴った。

4

もう一度、入り口のベルが鳴った。

二人がソワソワしはじめる。

十津川は、椅子に座ったまま、

「どうぞ入ってください。ドアは開いていますよ」

と、大きな声を、出した。

表のドアが開いて、一人の男が、ゆっくり入ってきた。

阿部が、その男を一目見て、

「何だ、君か」

と、いった。

「とにかく、座ってください」

と、十津川が、その男に、いった。

店の入り口に姿を現したのは、加藤明の弟、加藤正平である。

弟といっても、すでに、七十歳を超していて、立派な老人である。

その場に十津川のほか、木島と阿部がいたことで、加藤正平は、笑顔になって、椅子に腰を下ろした。

十津川がコーヒーを淹れて、それを加藤正平に勧めた。

木島と阿部の二人の顔を見ながら、加藤正平が、

「今日は、どうして、ここに、集まっているんですか？」

二人が答えに窮していると、十津川が、横から、

「今日、あなたのお兄さん、加藤明さんのことを、いろいろと話し合うために、ここに、集まっていただいたんですよ。もちろん、あなたもです」

「しかし、僕は、兄とは、年がだいぶ離れていますからね。兄が十五歳の頃のことは、まだほんの子供でしたから、ほとんど、何も分からないんです。だから、兄のことをお知りになりたいのでしたら、私なんかよりも、こちらに、いらっしゃる、阿部さんと木島さんのお二人に、話を、お聞きになったほうが、早いんじゃありませんか？」

正平が、いう。

「私は、今回の殺人事件の捜査を担当したわけですが、被害者が、十五歳の頃の出来事に、殺人の動機があるだろうと、すぐに気がつきました。被害者、野々村雅雄さんには、ほかに殺されるような理由が何一つ見つからなかったからです。皆さんが十五歳の頃のことを調べていくと、四人ずつの班に分かれて、伊勢神宮を守る役目を、与えられてい

たことが、分かりました」

と、十津川は、話していく。

「その頃、野々村さんは、同じ生徒仲間の加藤さんに、ある種の恋愛感情を持つようになっていました。野々村さんは、同人雑誌に発表した小説『少年』の中で『十代半ばの少年は、同じ年齢の少女より美しい』と、書いています。たぶん、十五歳の野々村さんは、加藤さんに中性的な美しさを感じ、好きになっていったんだろうと思いますね。ただ、戦争中のことでもあり、そうした感情を持っていることを、友人に知られたくなかった。しかし、その気持ちを消すことができない。だから、複雑な感情だっただろうと、思います。そして、屈折していたと思う。

ただ、ここにお呼びした同級生お二人は、そうした、野々村さんと加藤さんとの間に芽生えた感情については、ほとんど、気がつかなかったという。連日のようにB29の空襲にさらされ、本土決戦が、叫ばれていた、そんな時期だったからだと思う。しかし、弟のあなたには、二人のことがよく分かっていたはずです。違いますか？」

十津川が、いうと、弟の加藤正平は、とんでもないとでもいうように、大きく手を、振って、

「その頃の私は、まだ、小さな子供でしたよ。十五歳の兄の気持ちなんて、そんな私に、分かるはずがないじゃありませんか」

と、いう。

「もちろん、昭和二十年には、そうだったでしょうね。その頃のあなたには、お兄さんの気持ちが理解できなかったかもしれません。しかし、私がいっているのは、その頃のことでは、ありません。あくまでも戦後の話です」

十津川が、いうと、加藤正平は、笑って、

「それなら私には、なおさら、兄の気持ちは分かりませんよ」

と、いった。

「どうしてですか？」

「兄の明は、昭和二十年の大空襲の時に姿を消してしまって、私が成人した頃は、どこにいるのかという以前に、生きているのか、それとも、死んでいるのかさえ、分からなかったんですよ。兄の気持ちを聞けませんよ」

と、加藤正平が、怒ったような口調でいう。

十津川が、いった。

「いいですか、冷静に、私の話を聞いてくださいね。たしかに、あなたのお兄さんは、行方不明に、なったままです。たぶん、大空襲の夜に、亡くなっていて、そのことに間違いなく、野々村さんが関係していると思っています。野々村さんは自分でも、いっていますが、野々村さんも加藤さんも、それぞれ、日記をつけていた。その日記を、交換していうんです。あなたは、戦後何年かして、そのお兄さんの日記を、読んだんじゃありませんか？　おそらく、その頃は、あなたも、十五歳くらいになっていたはずです。行方不明の、お兄さんと同じ年齢ですよ。だから、日記を読んで、お兄さんの気持ちが、よく分かったんじゃありませんか？　同時に、お兄さんと、野々村さんとの、関係も分かった。どうですか、違いますか？」

十津川が、いうと、加藤正平は、黙り込んでしまった。

木島も阿部も黙ったまま、十津川と加藤正平とのやりとりを、見守っている。そんな中で十津川だけが、話し続けた。

「昭和二十年、加藤明さんたちが、十五歳の時ですが、伊勢が、B29の大空襲を受けた。その時、加藤さんは亡くなったんです。野々村さんが、殺した。少なくとも、死に関係している。あの夜、二人の感情が、ぶつかって、加藤さんが死んだんです。二人の間の愛情を考えれば、野々村さんが、加藤さんを殺したと、受け取られても仕方のない状況だったのだと、私は、考えるのです。少なくとも、野々村さん自身は、自分が、加藤さんを殺したと、思っていたと、私は想像するのです。

そのことも、加藤さんの弟である、正平さん、あなたにも、よく分かっていたはずです。何回もお兄さんの日記を読んでね。私に分からないのは、なぜ長い間、あなたは、お兄さんの仇《かたき》を討とうとしなかったのかということです。そのうちに、野々村さんは、ペンネームを使って、同人雑誌に、自分と、加藤さんとの関係を『少年』というタイトルの小説にして、発表しました。正平さん、あなたも、当然この同人雑誌を読んだに、違いありません。

ところが、途中でなぜか、野々村さんは、自分の作品が載った、同人雑誌を回収しようとした。正平さん、あなたは、野々村さんを、殺してしまった。今になってどうして、野々村さんを殺したのか、それが私には、どうしても、不可解なのです。どう考えても、分かりません」

と、十津川が、いった。

加藤正平は、黙っていた。

十津川が続けた。

「野々村さんは、最初、全てを告白する作品を書くつもりだったと私は考えるのです。ところが、違う小説にした。自分が犯人ではないストーリーにした。嘘を書いたんですよ」

「嘘ですか」

「だから、怒ったあなたは、野々村さんを殺した。違いますか？」

「たしかに、十津川さんが、おっしゃる通りです」

正平が、いった。

「僕は、戦後何年か、経ってから、兄の日記を読みました。たぶん、その頃、僕も亡くなった兄と同じように、十五歳くらいになっていたと思います。兄の日記を読むと、その大部分を、占めていたのが、同級生の野々村雅雄さんに対する、感情でした。当時は、戦争中で、男子中学生は、女生徒と、付き合うことを、禁止されていましたから、いってみれば、男だけの寄宿舎生活を、しているようなものだったと、思うのです。

そう考えれば、男子生徒間に、異性との恋愛にも似た、淡い感情が芽生えたとしても、決しておかしくはないのだと思いましたよ」

5

「兄が日記に書いている野々村さんとの関係を読んでいるうちに、二人のことが、少しずつ、分かるようになりました。汚い感情だとは、全く思いませんでした。純粋な男同士の、というよりも、少年同士の愛情です。兄の日記には、日記を交換したときのことも、書いてありました。兄は、感動を込めて、書いているんです。『野々村も、日記に、私に対する愛情について書いていた。嬉しかった。こんな時代だから、大事にしなければと思った』と、書いているんです。

野々村さんに対する嫉妬の感情も、はっきりと、書いていました。そのことに腹を立て、野々村さんに対して、あたかも、近くの女学校の女生徒のことを好きになったように、振る舞って、嫉妬の感情を芽生えさせて、喜んだようなことも書いてありました。そんなところは、男と女の関係と、よく似ている気がしました。

野々村さんと兄との関係は、男女の関係よりももっと、純粋だったと思うのです。そんな文章の中で、気になったのは、次の言葉でした。『彼は時々、まじめな軍国少年になる。その時の彼の顔は、一番嫌いだ』と書いてあるんです」

6

「私が十五歳になった頃も、兄の明は、行方不明のままでした。野々村さんは東京だし、他の同級生の木島さんや阿部さんに、兄のことを聞いても、兄がどうなったのかは、分からないという返事しか、ありませんでした。私に分かったのは、木島さんと阿部さんは、兄と野々村さんとの間の、感情について、ほとんど、何も気づいていないことでした。それだけ兄も野々村さんも、自分たちの感情を、秘密にしていたのだと思います。

昭和二十年七月に、伊勢に、B29による大空襲があった時、兄が行方不明になったことは、分かっていましたが、その時、野々村さんと二人で、行動していたことも分かって、ひょっとすると、兄は、野々村さんに、殺されたのではないかと、私は思うようになってきました。兄が日記に書いている『彼は時々、まじめな軍国少年になる』ことではなかったのかと思うようになりました。私は二十歳をすぎて結婚すると、兄と野々村さんとの間の、少年同士の愛情については、考えないようになっていきました。いや、もっと正確にいえば、考えないというよりも、分からなくなってきたのです。

男女の愛情についてなら、私も結婚したので、何となく、想像がつくのですが、少年同士の愛情というのは、自分が、十五歳の頃は、少しは、想像がついたのに、結婚すると、急に分からなくなってきたのです。分からないとなると、二人の愛情が、いかにも、素晴らしいものに思えてきました。それがどんな形なのか、分からなくなると、逆に、憧れるようになってきました。兄は十五歳の頃、野々村さんと愛し合って、幸福だったのだと、思うようになりました。

不思議に、兄が、野々村さんに殺されたのではないかという疑いは、僕の中から、薄れていったのです。いや、少し違いますね。もし、兄が、空襲の夜、野々村さんに殺されたとしても、兄は、幸福だったのだと、考えるようになっていきました」

7

「私は、兄の日記を何回も、読み直しました。少年同士の愛情、お互いが、好きになっても、それを人に知られるのが、恥ずかしくて二人で隠していた。ほかの友だちが野々村さんに話しかけたりすると、途端に、嫉妬の感情が生まれて、どうしようもなくなる。

兄は日記の中で、野々村さんに対する感情を、赤裸々に告白しています。どんなに、楽しかったか、また、どんなに、苦しかったか。そして、あの言葉、一番気になるのは、やはり『彼は時々、まじめな軍国少年になる』と書いた兄の言葉でした。

大空襲の晩、たとえ、野々村さんに殺されたのだとしても、その瞬間、兄は、幸福だったのだと思い込むようになりました。私は、東京に住む野々村さんを訪ねて、兄を殺したのは、あなたではないのかと、問い詰めることは、一度もしませんでした。そんなことをしたら、十五歳で死んだ兄が、悲しむだろうと、思ったからです。

そうして何年もの月日が経ち、兄と野々村さんのことは、心の隅に、しまっていました。ところが、最近になり、私は、その雑誌の同人だという、郷土史仲間から、長谷川秀夫という人が、伊勢神宮を守る、十五歳の少年たちの苛酷な任務と、同性同士に芽生えた愛の姿を、同人雑誌に『少年』というタイトルで、小説に書いていると聞きました。自分の名前は使いたくないので、その知人に頼み込み、非売品の同人雑誌を一冊、手に入れました。読んでみると、少年二人の純粋な愛の形を描いた、青春小説仕立てで、すぐに私は、兄と野々村さんが、モデルだと、思いました。間違いなく、十五歳の頃、兄は、野々村さんのことを、尊敬し、同時に、愛していたのです。同じように、野々村さんも、兄のことを愛していたのです。私はホッとしました。兄の一方的な、野々村さんへの、愛情だったら、それは、かえって辛いことになると、思っていたからです。同性愛とは違う、少年同士の愛情です。それが美しく書かれていたので、私は改めて、あの夜、兄が、亡くなったとしても、幸福だったのだと、再認識するようになっていたのです」

8

そこまでいって、加藤正平は、いったん、言葉を止めた。のどが渇くのか、加藤正平は、十津川が勧めた、コーヒーを、一気に飲み干した。

「殺された野々村さんの部屋で、脅迫状が二通見つかっている。一通は、野々村さんの仕事部屋に、送られて来た。もう一通は、脅迫から逃れて、一カ月の豪華客船の旅の最中に、船室に届いたものだ。この二通の脅迫状は、あなたが、書いたものでしょう。便箋に指紋が、付いていました。脅迫状には、伊勢市への帰郷のことが、書いてあったので、犯人は、七十年前の関係者だと、思いました。そこで、三重県警に、密かに頼んで、指紋の該当者の調査を、依頼した訳ですよ。

その結果、あの指紋は、加藤さん、あなたのものと一致したんです。犯人は、あなたでしょう。違いますか？」

　と、十津川が、きいた。

「ええ、そうですよ」

「今、君は、野々村の書いた『少年』という小説を読んで、感動したといった。改めて、亡くなった兄が、幸福だったに違いないともいった。それなのに、君は野々村を殺した。なぜなのか？」

　と、木島が、問いつめた。

「『少年』を読んだ後、義憤に駆られた私は、作者の長谷川、つまり、野々村さんの住所を調べ上げ、最初の脅迫状を、送ったのです。兄の死因は、野々村さんの裏切りが、原因なのです。それなのに、彼は、のうのうと、今日まで生き延びてきた。それに引き換え、兄は、若くして死を迎えた。

　その無念さを考えると、あの小説のような、綺麗事《きれいごと》で、済ませてしまおうとする野々村さんが、許せなかったのです。

　私は彼に、罪を悔いて自死するように、勧めたのですが、彼はそれに応じず、それどころか、海外に逃げ出そうとしました。私は、彼の行動を常時、監視していたので、海外の船旅に、彼が参加することを、知っていました。

　警部さんも、ご存じだと思いますが、日本の船は人手不足で、フィリピンやインドネシアからの出稼ぎ青年たちを、船員として雇っています。私は、あの豪華客船の外国人従業員に、金を渡し、脅迫状を入れた封筒を紙袋に入れて、野々村さんの船室のドアにかけておくように、指示したのです。

案の定、脅迫状を読んだ野々村さんは、船内に、自分を付け狙う人間がいると、恐怖を感じて、途中で下船し、日本に帰ってきました。私は、彼の狼狽ぶりを知って、ますます彼への憎しみと怒りを、募らせたのです。

そして、私は、自分の感情を抑え切れず、野々村さんを、殺してしまいました。殺人は罪ですが、なんだか、長年抱えていた重荷が、取れたような、晴れ晴れとした気持ちでも、あるんです」

と、加藤正平は、平然と答えた。

「野々村は、君の兄に、どんな裏切りをしたんだ？　君は、『少年』という小説を読んで、感動したと、いったじゃないか？　それなのに、どうして、野々村を、殺したんだ？」

と、今度は、阿部が、きく。

「それは」

と、正平が、いった。

「野々村さんが、小説に、嘘を書いたからです」

「嘘を書いたといったって、あれは、野々村にいわせれば、小説なんだよ。小説というのは、嘘と、本当のことを、混ぜて書くものなんだ。小説に嘘が書かれているからといって、いちいち、腹を立てて、作者を殺すのかね？」

木島は、とがめるような目で、正平を見た。

「普通の小説であれば、そうかもしれませんが、あれは、明らかに、兄と野々村さんとの関係を、途中まで正直に書いているのです。しかし、最後は嘘になっています。野々村さんは、小説の上で逃げたんです」

と、正平が、いう。

「どうして、最後が嘘だと、分かるんだ？」

と、阿部が、きく。

「兄は、野々村さんと何度か、日記を交換しているんです。あの大空襲の直前の兄の日記には、こう、書いてありました。『野々村と一緒に、僕は空襲で、死ぬかもしれない。僕は野々村に、死ぬ時は一緒だといい、野々村も、自分も同じ思いだといった。約束を破るような卑劣なことは、決してしないと、誓い合った。僕らは、幸せな気分に、酔っていた。僕らが死ぬのは、ごく近いうちかも、しれない。だが、一人で死にたくはない。一緒に死ぬと、決めた後は、空襲が、怖くなくなった』と、書いているんですよ。

だから、兄は、最後には、野々村さんと一緒に、死ぬ覚悟だったんです。野々村さんと、兄が一緒に死にそうになった時、兄だけが死んで、野々村さんが、助かった。それが、事実なんだと、私は固く、信じているのです。それはいいんです。兄が希望していたことだからです。

しかし、野々村さんは、兄が、野々村さんが止めるのも、聞かずに、好きだった女生徒のことが心配で、燃えている伊勢の街の中に、飛び込んでいって、行方が分からなくなったと、書いて、そこで、小説を終わりにしています。これは、明らかに嘘です」

「どうして、嘘だと、分かるんだ？」

「本当は、兄は亡くなる寸前まで、野々村さんと一緒だったに違いないんです。それが、兄の幸福だったからです。野々村さんが手を下して兄を殺したのであれば、それはそれで、いいんです。兄は喜んで、死んでいっただろうと、思いますから。僕には、兄が殺されたとしても、復讐《ふくしゆう》するつもりはありません。ただ、お互いの、十五歳の頃をモデルにして小説を書くなら、本当のことを、書いてほしかったのです。それなのに、野々村さんは、最後の最後になって、嘘を、書いてしまったんです。自分がいい子になるように、真実を、捻《ね》じ曲《ま》げてしまったのです。兄は、女の子を心配して、一人で炎の街に、駆け込んでいった、と書いているんです。純粋な兄の心を、汚すような話を、意図的に創ったのです。兄は、野々村さんに、裏切られたんです。

それが分かった時、私は、野々村さんに対して、無性に腹が立ちました。戦後、七十年が、経っています。私も七十歳を超し、死んだ兄も、生きていれば、木島さんや阿部さんと同じで、すでに八十歳を超えています。野々村さんもなのに、どうして今さら、いい子になりたいんでしょうか？　自分を犯人だと書くのが嫌なのでしょうか？　今まで、私は、野々村さんを尊敬し、十五歳の時に、野々村さんと愛し合った兄は、さぞ幸福だったろうと、思っていたのに、最後の最後に見事に、裏切られてしまったのです。ですから、私は、野々村さんを、殺しました。

本当のことを、書いてくれたら許したのに、嘘なんかを書くからです。それだけは、どうしても、許せなかったのです。自分のためにではなく、兄のためにです」

9

「僕を、逮捕しますか？」

と、正平が、きく。

「もちろん逮捕します」

「それじゃあ、すぐに逮捕してください」

「全てを話して、ホッとしたんじゃありませんか？」

十津川は、あくまでも、優しく、正平に、いった。

「この店のオーナーには、あと一時間、店を空けてくれるように、頼んであります。どうですか、まだ野々村さんのことを、憎んでいますか？」

十津川が、正平に、きいた。

「野々村さんは、僕に殺される直前、『兄が炎の中に飛び込んで行くのを見て、嫉妬と怒りで我を忘れ、兄を助けず見捨てて、自分一人で逃げ出した』と告白しました。兄は、ただ単に、知り合いの少女を救おうとしただけなんです。日記を読めば、兄は野々村さんしか愛していなかったことは、明白です。それなのに、野々村さんは兄の信頼を裏切り、その結果、兄は死んだのです。兄は、野々村さんに、殺されたと同じことですよ」

と、正平が、いった。

十津川は、腕時計に目をやった。

「もう少しの間、お互いにゆっくり、亡くなった野々村雅雄さんと、十五歳で亡くなった加藤明さんについて、いろいろと話しませんか？　そうしてくれると、こういう事件では、刑事として、ホッとするんですよ」

と、十津川が、いった。

解説

山前　譲

野々村雅雄は、十五歳になる孫の翔とともに、近鉄特急「しまかぜ」で名古屋から伊勢へと向かう。翔は鉄道マニアだから、贅沢《ぜいたく》な観光特急に乗るのを楽しみにしていたが、彼に日本人の心の故郷と言われる伊勢神宮を見せたいというのも目的だった。

じつは野々村にとって、七十年ぶりの里帰りの旅でもあったのだ。もともと彼は三重県伊勢市の生まれで、今回、旧制中学時代の旧友と会う約束をしていた。久々とあって、伊勢の観光名所を堪能《たんのう》する野々村だが、それは同時に、七十年前、まもなく終戦という一九四五年、昭和二十年七月にまで時を遡る旅となった。まるでパンドラの箱を開けたかのように、過去の忌まわしい記憶が甦《よみがえ》っていくのだ。

西村京太郎氏の『十津川警部　特急「しまかぜ」で行く十五歳の伊勢神宮』は、「十五歳の伊勢神宮」と題して「ｗｅｂ集英社文庫」で配信され（二〇一四・四〜十）、二〇一五年三月に集英社より刊行された長編ミステリーである。豪華な特急の旅から幕を開け、過去と現在を結んで起こった犯罪のなかで、複雑な様相を見せる人間心理に迫っていく。

伊勢神宮のある伊勢市のほか、鳥羽市、志摩市、南伊勢町の一帯は、伊勢志摩国立公園として多くの観光客が訪れている地域である。一九四六年、戦後初の国立公園として指定されたが、リアス式海岸の独特の風景とそこで育まれる海の幸が人気だ。二〇一六年五月には第四十二回先進国首脳会議が、いわゆる伊勢志摩サミットが、英虞《あご》湾《わん》にある志摩市の賢島《かしこじま》で開かれ、いっそう注目を集めた。

そのサミットの直後、友人と集って鳥羽市を訪れる機会があった。メンバーは全国各地から集まるのだが、大阪在住のメンバーから事前にこんな電子メールが届いた。「しまかぜ」に乗るので集合時間には遅れます、と。そのメールを読んだ瞬間、思わず「うらやましい」と口走ったものである。

本書のタイトルにも謳《うた》われている「しまかぜ」は、近畿日本鉄道（近鉄）の豪華な特急列車だ。二十年ごとに行われる伊勢神宮の神宮式年遷宮にあわせて、二〇一三年三月に走りはじめた。正式運行の前からマスコミで取り上げられるほどの人気だったが、それもそのはず、伊勢志摩の観光客のために近鉄が贅を尽くした列車なのだ。

その「しまかぜ」の愛称を持つ近鉄50000系電車は六両編成で、白と青で鮮やかに塗装されている。近鉄のウェブサイトによれば、〝伊勢志摩の晴れやかな空をイメージして、車両はブルーを基調にカラーリング〟し、〝先頭車両の6枚のガラスを用いた多面体のフロントデザインは、シャープさと躍動感を表現〟しているとのことである。

野々村と翔が乗車した六号車は、床を高くしたハイデッカー車両で、先頭車両だから迫力のある展望が楽しめるのだ。一号車もやはり展望車両である。二階建て構造のカフェ車両と、グループ向けのサロン席や和洋個室の車両が真ん中の二両で、それを挟んでプレミアムシートの車両が二両ある。三列配置で、座席の前後間隔も私鉄最大のゆとりを確保しているという。シートには本革が使用され、まさに自宅のリビングのようにゆったりと寛《くつろ》ぐことができるらしい（まだ体験していない！）。

こんな「しまかぜ」の最高時速は百三十キロメートル、カフェ車両では、伊勢エビなどがアレンジされた海の幸ピラフや松阪牛カレーが味わえる。だから、乗車すると知らされて、「うらやましい」と思ってしまうのも当然ではなかっただろうか。

だが、そうした「しまかぜ」の旅を楽しんだあとに到着した伊勢で、野々村を待っていたのは七十年前の戦争の記憶である。当時、伊勢神宮の近くにある旧制中学の四年生、十五歳だった。太平洋戦争末期、旧制中学の授業は中止され、生徒は学徒動員で軍需工場で働くようになったのに、野々村たちは伊勢神宮を守ることになったのである。

小高い丘の中腹に監視小屋を作り、同級生たちとアメリカの落下傘部隊を監視した。中学校の校長は、伊勢神宮に奉斎されている、三種の神器のひとつの八咫鏡《やたのかがみ》を、アメリカが狙うと思っていたのだ。たしかにもし奪われたなら、天皇制を揺るがすことになる。

その校長はまた、武器は軍隊に全て渡されているからと、竹槍《たけやり》で戦う訓練を野々村たちに強《し》いる。とても実戦的とは思えないのだが、実際に行われたのは間違いない。たとえば一九四四年に発表された横溝正史「竹槍」は、太平洋に近い村の鎮守の境内で行われた竹槍の訓練から物語の幕が開いている。指揮をしていたのは、日清日露の戦争に出征したという老人だった。

幸いなことに竹槍でアメリカ兵と戦うことはなかった野々村たちだが、伊勢に大空襲があった夜、一緒に監視小屋にいた同級生の加藤が行方不明となってしまう。そしてそのまま、彼は消息を絶ってしまったのだ。七十年ぶりに訪れた伊勢で野々村は、その加藤の弟と会うことになるのだが……。

一九四五年に入ると、日本の国力の弱体化と日本国民の厭戦《えんせん》気分を高めるため、アメリカ軍を中心とする連合国軍は、大規模な空襲を日本本土で展開した。当時、日本全国の最高位の神社として位置付けられていた伊勢神宮のある伊勢市（当時は宇治山田市）も例外ではない。一月十四日の最初の空襲は、名古屋の爆撃の帰途であり、投下された爆弾は少なかったものの、外宮の神楽殿と祭殿などが被害を受けている。

そこで日本陸軍は、独立高射砲第五大隊を編成して、伊勢神宮の防空と警備に当たった。また、本土決戦に備えて、伊勢周辺に第百五十三師団を配置し、伊勢湾口を防衛することになった。さらに伊勢湾には二百個弱の機雷が敷設され、水上・水中特攻隊も配置されたのである（参考：原剛「伊勢神宮の防衛——幕末から大東亜戦争まで」〈『明治聖徳記念学会紀要』一九九五〉）。

それほど防衛力を強化したなか、伊勢への空襲は断続的に続いた。そして七月二十九日未明、最大の空襲に見舞われる。アメリカ軍の資料によると、九十三機のB29によって、七三四・六トンの焼夷弾《しょういだん》が投下されたという。高射砲部隊の応戦も空《むな》しく、被害は市街地の半分にも及んだ。伊勢神宮には大きな被害はなかったものの、本書には空襲の様子が野々村の視点から詳しく語られている。

その空襲があった頃、西村京太郎氏は十四歳で、東京・八王子の陸軍幼年学校で学んでいた。それは陸軍の将校を養成するためのエリート校だったが、一九四五年八月、ついにそこも空襲を受けてしまう。西村氏は寝泊まりしていた生徒舎から、校庭の一番高いところにあった神社へと逃げたのだが、その時の様子を西村氏は、「東京陸軍幼年学校四十九期生」（「週刊小説」一九七二・八・二十五）でこう述べている。

神社の周囲にも、焼い弾は降り注いだ。だから、そこでも、逃げ廻《まわ》らなければならなかったが、最後には、疲れ切って、太い木の根元に坐《すわ》り込んでしまった。
ぼんやりと、まわりを見廻すと、学校の周囲も炎に包まれている。東京空襲でやったように、まず、周囲に焼い弾を落として、逃げ道を絶っておいてから、まん中に、集中的に落とすというやり方をとっているようだった。生徒舎も、食堂も、集会所も、建物という建物は、全部燃えていた。それでも、後続のB29は、執拗《しつよう》に、焼い弾をバラまいた。その度に、火山の噴火のように、炎が吹きあげた。

この体験をもとに「二十三年目の夏」(一九六八)と題した短編が書かれているが、本書もまた作者の実体験があったからこその作品と言えるだろう。

戦後七十年の節目となった二〇一五年に相前後して、本書のほか、『十津川警部　七十年後の殺人』、『沖縄から愛をこめて』、『郷里松島への長き旅路』、『北陸新幹線ダブルの日』、『暗号名は「金沢」　十津川警部「幻の歴史」に挑む』、『十津川警部　八月十四日夜の殺人』、『東京と金沢の間』、『「ななつ星」極秘作戦』、『浜名湖　愛と歴史』といった、太平洋戦争をテーマとする長編を西村氏は次々と書いている。それは西村氏の長い創作活動のなかでも特筆されることだろう。

そして東京で起こった殺人事件……捜査を担当したのはもちろん十津川警部だ。十津川の視点から、あらためてあの空襲の最中に何が起こったかが問われていく。

数多い十津川シリーズのなかには、『伊勢・志摩に消えた女』(一九八七)、『伊勢志摩殺意の旅』(二〇〇〇)、『近鉄特急伊勢志摩ライナーの罠』(二〇〇八)、『伊勢路殺人事件』（二〇〇八）と、人気観光地の伊勢志摩を舞台にした長編が幾つもある。
　志摩スペイン村が一九九四年に開業したのに合わせて走りはじめたリゾート特急「伊勢志摩ライナー」もなかなか魅力的なのだが、この『十津川警部 特急「しまかぜ」で行く十五歳の伊勢神宮』を読んでしまったら、やはり「しまかぜ」に乗って伊勢志摩を訪れたいと思うのではないだろうか。ただネックとなるのは、運行本数の少ないことだ。大阪難波・賢島間、京都・賢島間、近鉄名古屋・賢島間が、それぞれ日に一往復しか走っていないのである。野々村と翔が楽しんだ、展望席を予約するのはなかなか難しそうだ……。

（やままえ・ゆずる　推理小説研究家）

本書は二〇一五年三月、集英社より刊行されました。
初出　「ｗｅｂ集英社文庫」二〇一四年四月〜十月配信

＊この作品はフィクションであり、実在の個人・団体・事件などとは、一切関係ありません。

西村京太郎の本

明日香・幻想の殺人

奈良高松塚古墳で、古代貴人の衣裳の男が絞殺死体で発見された。被害者は資産家の小池恵之介。小池の口座からは30億円もの大金が消え……。十津川警部、古代史の闇に迫る名推理。

十津川警部　秩父SL・三月二十七日の証言《アリバイ》

消費者金融の元社長夫妻殺害で漫画家の戸川を逮捕。が、旅行作家が戸川のSL乗車のアリバイを証言し……。SL乗車中の犯罪！　鉄壁のアリバイに挑む十津川警部。旅情ミステリー。

集英社文庫

西村京太郎の本

九州新幹線「つばめ」誘拐事件

新幹線内で幼児が誘拐された。犯人の要求は、開発中の新薬情報。幼児は、無事解放されたが、容疑者らしい女が死体で発見され……。十津川警部の名推理。長編トラベルミステリー。

十津川警部　小浜線に椿咲く頃、貴女《あなた》は死んだ

十津川警部の妻・直子の女子大時代の友人が殺害される。警部は、友人達の住む京都へ。直子の大学で〝椿〟に纏わる事件があったことを突き止め……。京都と小浜を結ぶ謎を追う名推理。

集英社文庫

西村京太郎の本

門司・下関　逃亡海峡

夫の浮気を知り、嫉妬に狂う妻が焼身自殺！　だが、遺体から睡眠薬が検出され、現場から逃げた夫に容疑がかかる！　無実を主張し愛人と逃避行する男を追いつめる十津川警部の名推理。

十津川警部　三陸鉄道　北の愛傷歌

東日本大震災で行方不明の恋人の渚から、奇跡の電話がはいる！　真相を追う近藤と、大臣殺害事件を捜査する十津川警部は、岩手県K村へ。浄土ヶ浜を舞台に描く長編旅情ミステリー。

十津川警部、湯河原に事件です

Nishimura Kyotaro Museum

西村京太郎記念館

■1階　茶房にしむら
サイン入りカップをお持ち帰りできる京太郎コーヒーや、ケーキ、軽食がございます。

■2階　展示ルーム
見る、聞く、感じるミステリー劇場。小説を飛び出した三次元の最新作で、西村京太郎の新たな魅力を徹底解明!!

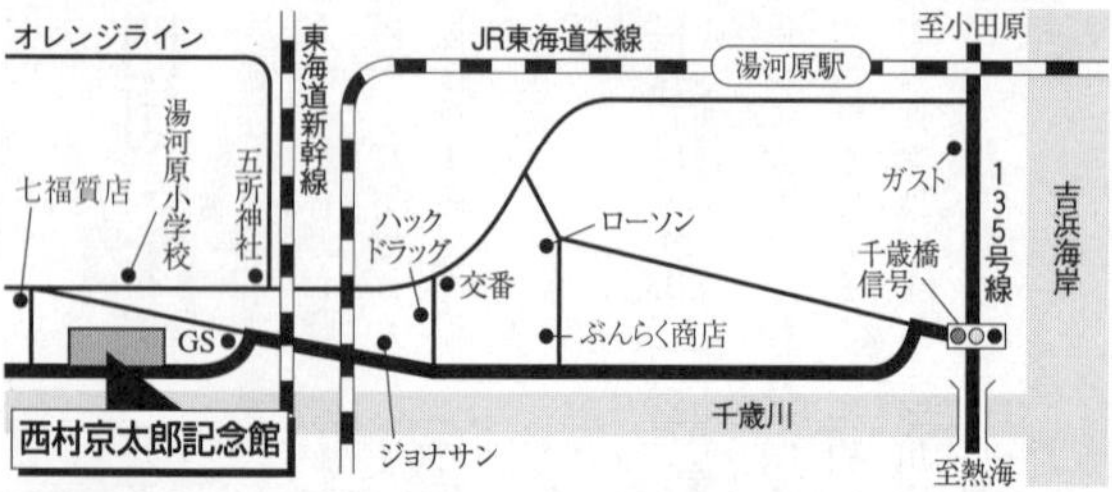

■交通のご案内
◎国道135号線の千歳橋信号を曲がり千歳川沿いを走って頂き、途中の新幹線の線路下もくぐり抜けて、ひたすら川沿いを走って頂くと、右側に記念館が見えます。
◎湯河原駅よりタクシーで約5分です。
◎湯河原駅改札口すぐ前のバスに乗り［湯河原小学校前］で下車し、バス停からバスと同じ方向へ歩くと質店があり、質店の手前を左に曲がって川沿いの道路に出たら川を下るように歩いて頂くと記念館が見えます。
●入館料／ドリンク付820円(一般)・310円(中・高・大学生)・100円(小学生)
●開館時間／AM9：00～PM4：30（入館はPM4：00迄）
●休館日／毎週水曜日(水曜日が休日の場合はその翌日)・年末年始
〒259-0314 神奈川県湯河原町宮上42-29
TEL：0465-63-1599　FAX：0465-63-1602

西村京太郎ホームページ

http://www4.i-younet.ne.jp/~kyotaro/

集英社文庫

十津川警部《とつがわけいぶ》 特急《とっきゅう》「しまかぜ」で行《い》く十五歳《じゅうごさい》の伊勢神宮《いせじんぐう》

2016年12月25日 第1刷　　定価はカバーに表示してあります。

著 者 西村京太郎《にしむらきょうたろう》
発行者 村田登志江
発行所 株式会社 集英社
東京都千代田区一ツ橋2-5-10 〒101-8050
電話 【編集部】03-3230-6095
【読者係】03-3230-6080
【販売部】03-3230-6393(書店専用)

印 刷 大日本印刷株式会社
製 本 ナショナル製本協同組合

フォーマットデザイン アリヤマデザインストア　　マークデザイン 居山浩二

ISBN978-4-08-745523-6 C0193